KB123238

책바이러스 LIV3.
책의 죽음

 청소년시대 03

책바이러스 LIV3, 책의 죽음

크리스티앙 그르니에 글 | 김영미 옮김

논장

청소년시대 03
책바이러스 LIV3, 책의 죽음

초판 5쇄 2022년 5월 10일 | 초판 1쇄 2015년 8월 25일
지은이 크리스티앙 그르니에 | 옮긴이 김영미
펴낸이 박강희 | 펴낸곳 도서출판 논장 | 등록 제10-172호·1987년 12월 18일
주소 10881 경기도 파주시 회동길 329 전화 031-955-9164 전송 031-955-9167
ISBN 978-89-8414-234-3 43860

Virus L. I. V. 3 ou la mort des livres

Christian Grenier, Virus L. I. V. 3 ou la mort des livres ⓒ Le Livre de Poche Jeunesse, 2007
All rights reserved.

Korean translation copyright ⓒ 2015 by Nonjang Publishing Co.
Korean edition is published by arrangement with Hachette Livre
through Imprima Korea Agency

• 잘못 만들어진 책은 구입하신 서점에서 바꾸어 드립니다. • 책값은 뒤표지에 있습니다.

이 도서의 국립중앙도서관 출판예정도서목록(CIP)은 서지정보유통지원시스템 홈페이지(http://seoji.nl.go.kr)와
국가자료공동목록시스템(http://www.ni.go.kr/kolisnet)에서 이용하실 수 있습니다.(CIP제어번호: CIP2015022595)

당연히 레이 브래드버리에게

차례

1.
알리스가 아카데미 위원에 선출되다!

21세기 말 책이 사라지기 시작했다.

내가 보기에 진정한 책의 종말은 유럽 아카데미 위원 셋이 우리 집에 와서 문을 두드린 그 여름밤에 시작되었다.

그 순간이 마치 어제 일인 양 생생하다. 파리에 밤이 막 찾아왔을 때였다. 보랏빛 투명한 밤이. 지난해 특별 차량 외에는 모든 차량의 거리 통행이 금지됐기 때문에 지평선의 별들이 도시의 불빛과 섞이는 모습을 27층 내 작은 아파트에서 지켜볼 수 있었다.

매일 저녁 그랬듯이, 나는 컴퓨터 앞에 앉아 몬다예와 접속했다. 지난여름 우연히 웹상에서 몬다예를 알았는데, 그 뒤 매일 저녁 같은 시간에 특별한 대화방—화면 영상이 없는 대화방으로 그 안에서 대화가 가능하다.—에서 만나 왔다. 몬다예는 한 번도 빠진 적이 없다. 그날 저녁 나는 몬다예가 접속하길 애타게 기다렸다. 그녀에게 알려 줄 빅 뉴스가 있었기 때문이다. 그런데 8시 1분이 되었는데 화면은 아무 말이 없었다. 갑자기 글자들이 나타났다.

몬다예: 안녕, 알리스! 1분 지각이네. 미안.

곧바로 나는 자판을 두드려 대답했다.

알리스: 괜찮아. 널 다시 만나 매우 기뻐. 별일 없지?

몬다예: 응, 너는?

알리스: 네가 접속하지 않을까 봐 늘 불안해. 너도 알겠지만 너는 내 유일한 친구야.

몬다예: 친구가 나 하나뿐이라고? 단체 대화방에 들어가 봐! 친구 1,000명은 사귈 수 있을 거야, 알리스! 웹상에 사람이 얼마나 많은데.

알리스: 됐어. 나는 고독이 좋아. 글 쓰고, 책 읽고. 너 만날 때 말고는 웹에 거의 안 들어가.

몬다예: 저기, 내가 아는 아주 착한 친구가 있는데, 그 애 코드 번호 알려 줄까?

알리스: 아니, 그러지 마. 그럴 필요 없어.

긴 침묵이 이어졌다 — 그러니까 몬다예의 문장이 새 문장으로 바뀌기까지 10초가 흘렀다.

몬다예: 사실 알리스, 문제는 네가 문자족(유럽 인구의 대다수를 차지하며, 독서와 책이 존재의 근본적 관심과 활동이다.—지은이)이라는 거야.

알리스: 말도 안 돼, 몬다예. 진짜 문자족이 매일 저녁 대화방에 접속하겠니?

그건 사실이었다. 문자족은 네트워크를 못마땅해했으니까. 웹은 컴퓨터 마니아, 괴상한 화면 인간(가슴에 화면을 이식한 인간으로 카메라와 컴퓨터, 소프트웨어의 도움을 받아 소통한다.—지은이)이나 그 외 법을 벗어난 컴족(책과 독서를 거부하고 컴퓨터, 텔레비전, 컴퓨터 게임과 가상 세계를 중시하는 소수의 사람들. 화면 인간들은 사이보그가 됨으로써 극단을 넘어선 컴족이다.—지은이) 같은 문자족의 적들이나 자주 들락거린다고 생각했다. 문자족, 나는 바로 문자족이었다. 그러나 나의 특별한 상황 때문에 나는 오래전부터 컴족 기술을 겁내지 않고 익숙하게 사용한다.

그럼 몬다예, 그녀는 누구인가? 나이며 사는 곳, 습관…… 그녀에 대해서 아는 바가 거의 없다. 사는 곳이 미국일 수도 있고, 퀘벡, 카리브 해 연안, 아니면 소련 붕괴 후 러시아일 수도 있다! 몬다예는 분명 접속할 때만 사용하는 닉네임이었다. 나는 다른 이름으로 나를 감출 생각조차 하지 못했다.

몬다예: 미안, 알리스. 사실, 작가를 안다는 게 나로서는 매우 커다란 영광이야.

알리스: 사실은 내가 컴족이랑 친구라는 사실이 아주 흥분돼.

몬다예는 내 말에 별다른 대꾸를 안 했다. 몬다예는 다른 컴족과는 달랐다. 온전한 컴족은 문학에 거의 관심이 없었다.

몬다예: 네 책 이야기 좀 해 줘. 책이 잘 팔리나 봐?

알리스: 잘 팔리는 정도가 아니야. 너도 샀니?

몬다예: 어떤 책인지 말해 줘, 알리스.

실망스러워 한숨이 나왔다. 내 책은 3개월 전부터 서점가에서 돌풍을 일으켰다. 판매량이 계속 치솟았다. 비평가들의 평가도 아주 좋았다. 하지만 내가 의견을 듣고 싶은 단 한 사람, 그 사람은 바로 몬다예였다. 그런데 몬다예가 내 책을 안 읽었다니! 내 손가락이 자판 위를 달렸다.

알리스: "우리는 여전히 활자로만 존재하는 소설 속의 인물보다 낫다. 당신이 우리를 읽으면 우리가 생명을 갖게 되기 때문이다. 맞다, 이미 너무 늦었다. 독자인 당신 덕분에, 우리는 이미 존재하고 있으니!"

몬다예: 재미있네. 그게 뭐야?

알리스: 내 소설의 시작 부분이야, 몬다예. 아이디어부터 어휘들 그리고 내용에 이르기까지 모두 네가 영감을 준 책이야. 나만큼 너도 이 책의 저자야.

몬다예: 하지만 나는 그렇게 쓰지 못했을걸!

알리스: 적어도, 네가 책을 읽었으면 했는데. 지금 당장 전송해 줄 수 있어. 아니, 그게 낫겠다. 헌정서를 한 권 보낼게, 몬다예. 네 진짜 이름이랑 주소를 알려 줄래?

또다시 침묵이 이어졌다. 몬다예가 긴 문장을 치고 있다는 뜻이다. 그런데 곧 이런 짧은 문장이 떴다.

몬다예: 네 책 이야기를 더 해 줘.

웹상에서는 익명이 불문율이었다. 하지만 나는 그것을 깨고 싶었는데…….

알리스: 오늘 아침, 정부에서 내게 보낸 편지를 받았어.

몬다예: 편지라고! 멀티미디어 시대에 아직도 그런 통신 수단을 쓰는 게 가능한가?

물론이다. 문자족은 전화를 아주 천박하게 여겼다. 서신이나 얼굴을 맞대고 하는 대화를 선호했다.

나는 전화를 갖고 있다. 정확히 말하면, 내 컴퓨터는 항상 전화에 연결돼 있다. 다른 이유 때문에. 몬다예는 알 필요가 없는 한 가지 이유.

몬다예: 그럼 편지 내용은?

오늘 아침부터 편지는 내 책상 위를 지키고 있었다. 나는 편지 내용을 그대로 쳤다.

알리스: 발신 − 유럽 지식인 연합 아카데미(AEIOU)

　　　　수신 − 알리스 L.C. 원더

　　　　대도서관(AEIOU 본부가 있는 곳) 르픽 가 18번지

　　　　75018 파리

원더 양에게

유럽 지식인 연합 아카데미(AEIOU)의 위원 서른아홉 명은 귀하의 책 《책과 우리》가 압도적인 수의 표를 받았다는 사실을 알리게 된 것을 영광스럽게 생각합니다. 그 결과, 귀하는 2095년도 새 위원이 되었

습니다. AEIOU의 대표단이 곧 귀하와 연락을 취해 우리 문자족 공화국에서 당신의 역할을 정할 것입니다.

나의 동료 모두와 함께 귀하에게 진심으로 축하를 드립니다.

에마 G.F. 크루아세

나는 초조하게 몬다예의 반응을 기다렸다.

몬다예: 축하해 줘야 할 일인 것 같네. 알리스 네가 모음씨(아카데미 위원을 지칭하는 말. 유럽 지식인 연합 아카데미의 약자 AEIOU가 알파벳 모음으로만 이루어진 데서 나온 말이다. ─옮긴이)가 되다니! 그럼 네가 유럽 정부의 마흔 번째 위원이구나……. 네가 성공해서 우리 사이가 멀어지지는 않을까?

몬다예의 씁쓸한 반응에 나는 상처를 받았다. 물론 몬다예가 40년 전부터 문자족 공화국을 통치해 온 아카데미를 눈곱만큼도 좋게 생각할 리 없다는 걸 잘 알고 있었지만 그래도 나는 좀 더 뜨거운 반응을 기대했다.

알리스: 있지, 내가 뽑혀서 정말 놀랐어.

사실이었다. 왜냐하면 아카데미 회원은 모두 광적인 문자족으로 통했는데 내 소설 《책과 우리》는 매우 도발적이었으니까! 우선, 부제 "책에서 우리를 해방하라!"는 컴족의 집회 구호 패러디였다. 그리고 내용은 영상이 문자 언어의 적이 아니라는 것을 보여 주려는 것이었다. 나는 서둘러 덧붙였다.

알리스: 이 성공은, 몬다예, 네 덕이야! 그리고 내가 아카데미 회원이 됐다고 해서 매일 저녁 8시에 접속해서 이 대화방에서 너랑 이야기를 못 하는 일은 없을 거야. 절대로! 알아?

바로 그 순간, 내 모니터 옆에 연결된 붉은색 작은 불이 깜박거렸다. 그러니까 누가 우리 집 벨을 누른다는 뜻이었다. 틀림없이 잘못 찾아온 사람일 거다. 그래도 혹시 모르니까, 이렇게 자판을 두드렸다.

알리스: 누가 왔어, 몬다예. 그만해야겠어. 그럼 또.

나는 컴퓨터에서 일어나 문으로 나갔다.

세 사람이 와 있었다. 그중 한 명은 누군지 금방 알았다. 아카데미 위원장인 에마 G.F. 크루아세였다.

"알리스 L.C. 원더 양인가요?"

그렇다는 뜻으로 나는 웃었다. 문을 더 활짝 열어 이 소규모 단체에게 집 안으로 들어오라는 표시를 했다.

에마 G.F. 크루아세는 50대쯤 되는, 좀 무뚝뚝해 보이는 얼굴이었는데 커다랗게 쪽찐 머리 탓에 더 엄격해 보였다. 나는 6년 전 에마를 아카데미에 입성시킨 작품 《사라진 아들》을 아주 좋아했다. 소설 내용이 실화라는 소문이 있었다. 에마가 같이 온 두 남자를 내게 소개했다.

두 남자 역시 내가 모르는 사람들이 아니었다.

"롭 D.F. 뱅송 씨와 콜랭 B.V. 클로에 씨예요."

롭은 아름다운 소설 《모호한 망명자》로 재작년에 선출되었다. 나이는 나보다 약간 위 아니면 비슷한 또래로, 건장한 젊은이였다. 내 책상 위 컴퓨터를 놀란 눈으로 흘끗 보더니 내게 다가와 열광적으로 악수를 했다.

"만나서 기뻐요. 정말로."

"축하하오."

그 옆의 나이 든 남자는 이렇게만 인사했다.

작은 키에 쪼글쪼글한 콜랭은 아카데미의 최고 연장자였다. 정확한 나이는 모르지만 어쩌면 백 살 가까이 됐을 것이다. 콜랭이 쓴 책 제목을 나는 하나도 댈 수 없었다. 아무튼 콜랭은 아카데미 위원들 양심의 대표자였고, 살아 있는 기념비였다.

새로운 방문객 세 명은 안으로 들어와 내 스튜디오를 둘러봤다. 에마는 탁자 위의 신문 〈조엘〉(유럽 문자족의 공식 신문-지은이)을 보고는 미소를 지었지만 내 컴퓨터를 보고는 못마땅한 얼굴이 되었다. 스크린을 갖고 있는 것을 매우 백안시하는 사회 분위기였다. 대부분의 유럽 인은 텔레비전조차 갖고 있지 않았다. 물론 컴족은 예외였지만. 유럽 인구의 4분의 1이나 되는 작가들까지도 펜으로 원고를 썼다.

벌금을 물어야 할까? 벌을 받아야 하나? 이제 아카데미 회원이 됐으니 컴퓨터를 멀리해야만 하나? 몇 분 전 웹상에서 대화를 나누는 내 모습을 에마가 봤다면 어떤 표정을 지었을지! 다행히 모니터는 대기 상태로 바뀌어 시가 나오는 화면 보호기를 보여 주었다.

에마가 사과했다.

"이렇게 늦은 시간에 방문해서 미안해요."

그러고는 의심스럽다는 눈으로 자판 옆에 놓인 아카데미에서 보낸 편지를 봤다.

에마가 확인했다.

"당신이 알리스 L.C. 원더 양 정말 맞나요?"

이번에는 롭이 말했다.

"알리스, 대답해 주세요! 설마 공공 발언 자격증(PPP)이 없는 것은 아니겠죠!"

공공 발언 자격증은 20년 전에 생긴 제도였다. 이 시험을 통과하려면 최소한 지식과 언어 그리고 올바로 사고할 줄 안다는 것을 증명해 보여야 했다. 2인 이상의 대중 앞에서 이야기하려면 이 자격증은 의무였다. 그 당시 콜랭이 발표한 대로 '이제부터는 아무도 아무거나 아무렇게 말할 수 없게 되었다.'

사실 그랬다. 나는 발언 자격증을 갖고 있지 않았다. 하지만 내가 그들에게 대답을 못한 것은 전혀 다른 이유 때문이었다.

나는 컴퓨터로 가서 큰 글자로 쳤다.

"나는 농아입니다."

2.
세 명의 아카데미 위원의 방문

나는 덧붙였다.

"그래서 나는 이 컴퓨터를 사용해야 대답을 할 수 있어요. 아니면 수첩을 사용하든가요."

당황한 세 방문객이 모니터에서 고개를 들었다. 에마가 안도의 한숨을 쉬는 것 같았다. 에마가 롭에게 이렇게 말했다.

"알리스 작품의 몇몇 문장이 이제야 설명되는군요!"

롭이 자판 쪽으로 다가오더니 놀랄 정도로 능숙하게 글자를 쳤다.

"안심해요, 알리스. 그렇다고 해서 당신의 새 지위에는 아무런 변화도 없어요. 이제 당신은 우리 일원이에요. 당신이 심야 특별 회의에 참석해 줬으면 좋겠어요. 함께 갈 수 있어요?"

놀라서 나는 그저 고개만 끄덕였다. 노인네인 콜랭 B.V. 클로에는 내 서재의 많은 책을 자세히 살펴봤는데, 멀리서 내게 살짝 흡족한 표정을 지었다. 지금 이 상황이 콜랭에게는 아주 재미있는 것 같았다. 그렇지만 내가 선출된 바로 그날 저녁에 대표단이 우리 집까지 날 데리러 온 걸로 봐서는 상황이 상당히 심각한 것 같았다. 나는 자판을 두드렸다.

"그렇게 급한가요?"

성가심을 감추지 않고, 에마가 책상 위에서 내 수첩을 집더니 서둘러 썼다, 한 자 한 자 꼭꼭 힘을 줘서.

"그래요."

내가 그 아래 썼다.

"굳이 안 쓰셔도 돼요. 입 모양을 보고 알 수 있어요."

롭이 내 옷장을 가리키며 내게 말했다.

"그럼 물건을 좀 챙겨 가요. 오늘 밤 집에서 못 잘 테니까요. 알다시피, 모음…… 아카데미 위원들은 꽤나 엄격한 규칙에 따라 생활해야 해요."

나는 컴퓨터를 끄고 가방에 대화 수첩 여러 개와 옷가지, 세면도구를 쑤셔 넣었다. 나는 서재로 다가갔다.

에마가 나를 가로막으며 말했다.

"안 돼요. 책은 하나도 가져가지 않는 게 좋겠어요. 이유는 나중에 설명해 줄게요."

갑자기 콜랭이 서가에서 내가 처음 시험 보던 시절의 오래된 작품 《오류 없는 글쓰기》를 힘들게 빼냈다. 콜랭이 바로 그 책의 저자라는 사실이 기억났다! 콜랭이 책을 펼치려는 찰나, 에마가 그러지 말라고 상기시켰다.

"콜랭!"

"이건 소설이 아닌데……."

"건드리지 마요. 조심하는 게 나아요."

에마가 내 쪽으로 돌아서더니 서재를 가리키며 정확히 말했다.

"뭐, 이상한 거 발견한 것 없었나요? 없다고요? 마지막으로 저기 있는 책을 읽은 게 언제죠?"

자신의 질문이 너무나 어리석었다고 생각했는지 에마가 바로 덧붙였다.

"오늘? 오늘 오후? 그런데 아무 일도 없었나요?"

에마가 콜랭에게 뭐라고 이해할 수 없는 말을 하고는 내 쪽으로 돌아섰다.

"이제 갑시다."

나는 열쇠로 아파트 문을 잠갔다. 롭이 내 가방을 들었다. 엘리베이터 안에서 롭은 나를 안심시키려는 듯 내 어깨를 안았다. 나는 무례하지 않게 살짝 몸을 뺐다.

아파트 입구에 검은색 공용 차량이 기사 없이 서 있었다. 차에 타기 전에 에마는 아주 가까이 있는 우리 동네 도서관과 늦은 시각까지 문을 연 우리 아파트 길거리에 있는 서점 세 곳에 '기특하군.' 하

는 눈빛을 던졌다. 에마는 씁쓸한 미소를 띠며 중얼거렸는데 내게
라기보다는 자신에게 하는 말 같았다.

"여기서 잘 지냈군요……."

바로 그 순간, 서점들 쇼윈도의 불이 꺼졌다. 건물 창문의 불빛
이 약해진 걸 보니 사람들이 자기 방이나 거실로 들어갔나 보다. 아
마도 날마다 독서 시간을 알리는 사이렌이 방금 울렸나 보다. 21
세기 중반부터 전 유럽은 이 관습을 따랐다. 이 관습은 일반적으로
영상의 남용이, 그중에서도 특히 화면이 거부됐던 시대로 거슬러
올라간다. 그때부터 독서가 거의 모든 대중의 여가 시간을 차지하
게 됐다.

우리 네 사람 모두 차에 탔다. 차는 에어쿠션 위로 힘을 주더니
감지할 수 없는 전기 진동 속에 출발했다. 차는 로봇이 조종하고
컴퓨터가 길을 인도했다. 아카데미 위원들도 어떤 분야에서는 컴
퓨터를 신뢰한다는 증거였다.

나는 잠시 강렬한 행복감에 젖었다. 이 모든 게 진짜였다. 내가
아카데미 회원으로 뽑혀서, 이 굉장한 자동차를 타고 파리를 가로
지르는 특혜를 누리고, 게다가 아카데미의 주요 인사 세 명과 함께
간다.

에마가 내게 물었다.

"혼자 사나요?"

나는 수첩에 적었다.

"네. 책이 외로움을 달래 줘요."

"부모님은……."

에마가 문장을 끝맺지 않았으므로 그건 질문이었다.

"2년 전에 두 분 다 돌아가셨어요. 부모님 역시 농아였어요. 저를 정말로 사랑해 주셨죠. 저는 아주 행복하게 어린 시절을 보냈어요."

"사는 게 쉽지 않았겠어요."

"발표 면허 덕분에 제게 말하는 사람들은 바른 문장을 쓰고 발음을 정확히 해요. 그리고 간단 명료하게 말하고 서로 상대방의 말을 끊지 않으려고 배려하죠."

무슨 말을 덧붙일 수 있었을까? 나의 장애 때문에 문자족 공화국에서 내가 소외됐다고? 내 유일한 친구 몬다예는 내가 농아라는 사실을 모른다고? 누가 농아와 살겠다고 하겠느냐고, 그래서 영혼의 짝을 만나리란 생각은 하지도 않는다고? 내가 사랑한 남자는 오로지 책 속의 인물, 에마의 대표작 《사라진 아들》의 주인공인 런드뿐인데! 런드의 운명이 내 마음을 뒤흔들어 놓았지만 수줍어서 작가에게 그런 내 마음을 고백할 수는 없었다. 궁금한 것을 물어보기에는 이 여자는 아직 대하기가 너무 어려웠다. 에마가 정말 소설 속 주인공의 엄마인가? 소설의 일부는 진실이었나? 그렇다면 그것은 어느 부분인가?

에마가 고개를 돌렸다. 문자족의 유럽에서 농아의 존재가 거추

장스러운 만큼이나 보기 힘들어졌다는 사실을 에마는 누구보다 먼저 알 사람이었다. 농아가 어찌나 귀해졌는지 농아가 사용하는 '수화'가 이젠 완전히 사라졌다. 농아가 사회의 일원이 되고 싶으면 읽고 써야만 했다. 그것만이 농아가 의사 표현을 할 수 있는 유일한 방법이었다.

그리고 내가 바로 그렇게 했다.

에마가 다시 내게 고개를 돌리고 말했다.

"이제 당신은 대가족의 일원이 되는 거예요."

에마는 진심으로 기뻐하는 것 같지 않았다. 에마가 쓴 소설의 내용이 사실이라면 몇 년 전부터 에마는 아들의 소식을 전혀 알지 못한다. 어떤 의미에서는 에마 역시 혼자였다. 그렇지만 그런 공통점이 우리 사이를 좁혀 주지는 못했다. 에마는 넋 나간 사람 같았고 몹시 근심스러워 보였다.

거리는 한산했다. 영화가 사라지고 '독서 시간'이 제정되고 난 이후 도시의 야간 활동은 연극과 연주회로 국한됐다. 밤에 술집에 가는 사람들은 문란한 생활을 하는 것으로 간주됐다. 그리고 21세기 중반에는 '독서 시간'에 불만을 가진 사람들은 흡연자들만큼이나 냉대를 받았다.

갑자기 에마가 내게 거리의 진열창을 가리키며 물었다.

"저 서점들 다 보여요, 알리스? 저기 도서관이며 고서점, 제본소, 글자체 공방들도 다 보이나요? 저것들도 모두 다 사라질 거예요. 그래요, 책이 사라질 거예요, 알리스. 모든 책이."

에마가 세심하게 발음했음에도 불구하고 나는 내가 제대로 알아들은 건지 의심스러웠다. 에마는 내 반응을 살폈는데, 마치 내가 이런 재앙을 이미 예상하고 있었으리라 생각하는 것 같았다. 그러나 나는 믿기지 않는다는 표현밖에 할 수 없었다. 내가 수첩에 급히 썼다.

"무슨 말을 하는 건가요? 이해할 수 없어요. 있을 수 없는 일이에요!"

앞에 탄 롭이 뒤돌아 내 연필을 잡았다. 쓰기 전에 에마에게 짧게 동의를 구했다.

"바이러스가 나타났어요. 문장을 파괴하는 바이러스예요. 전 세계에 퍼졌고 그걸 막을 수 있는 게 아무것도 없는 것 같아요."

3.
책들의 죽음

나는 얼굴을 찡그렸다. 바이러스가 텍스트를 파괴할 수 있다는 것이 믿어지지 않고, 몰상식하게 들렸다.

롭이 말했다.

"알리스에게 먼저 보여 줘야 해요⋯⋯. 그러니 기록 보관소로 갑시다."

에마가 계기판을 향해 몸을 숙이더니 말했다.

"지하로!"

차는 센 강을 따라갔다. 대도서관 사각 탑의 불빛이 보였다. 나는 그 안에 들어가 볼 기회가 전혀 없었다.

오늘 나는 정문으로 들어갔다.

그러나 말이 그렇다 뿐이었다. 왜냐하면 건물 바닥에 도착한 차가 터널 속으로 들어갔기 때문이다. 10초 뒤, 차는 방탄문 앞에 섰고, 간단히 자동 통행 검사를 했다. 그러고는 다시 잠시 가다가 바로 멈췄다.

에마가 말했다.

"다 왔어요."

여섯 개의 긴 통로가 만나는 곳에서 우리는 내렸다. 우리가 간 통로는 조명이 밝지 않았고, 가장자리를 따라 폭이 좁은 서가가 쭉 놓여 있었다. 거기에는 층층이 정리된 책들이 수천, 수만 권—정말 끝도 없이—줄지어 있었다.

현기증이 나서 나는 잠시 멈춰 섰다. 여기는 바벨의 도서관[1]이었다.

에마가 중얼거렸다.

"그래요. 여기에 책이란 책은 다, 아니, 거의 다 있어요. 대도서관에는 저 정도 서가가 백여 개는 돼요. 인류의 비망록이죠. 우리의, 문화의, 과거의 비망록. 문학이란 문학은 다······."

에마가 서가로 다가가 내게 가까이 오라는 손짓을 하더니, 얼굴을 찡그렸다.

"가장 영광스러운 구역은 아니군요······."

에마는 손가락으로 책 표지를 따라가다가 작은 책을 한 권 꺼냈

---

1 아르헨티나 작가 보르헤스의 단편 소설 제목이다. 하늘에 닿을 만큼 끝없이 올라간 바벨탑처럼 생긴 거대한 도서관으로 세상의 모든 책을 보관한다.

다. 20세기의 옛 소설 《산책 중인 5인 클럽》이었다. 콜랭이 냉큼 책을 낚아챘다.

"어디 좀 봅시다."

눈에 장난기가 번뜩였다. 반짝이던 눈빛이 바로 어린아이 같은 슬픔으로 어두워졌다.

"보시오, 에마. 나 이 작품 알고 있소!"

아카데미 대표 위원은 당황스럽고 믿기지 않는다는 얼굴이었다.

"그렇소. 내가 읽은 책이오, 에마! 제발…… 다른 책을 고르면 안 되겠소?"

"뭐라고요, 콜랭? 《오류 없는 글쓰기》의 저자인 당신이 이런 유치한 책을? 우리 아카데미의 최고 지성인인 당신이 말이에요? 농담이겠죠!"

"정말이오. 나도 그땐 열 살이었다고! 그 시절에는 그런 책을 읽는 것이 오늘날처럼 무시당할 만한 일은 아니었소. 게다가 남자애였지만 나는 앨리스나 꼬마 유령 시리즈도 아주 좋아했고."

"아, 콜랭! 제발, 입 좀 다무세요!"

어르신께서는 자기 고백을 한 게 아주 기분 좋았나 보다. 착한 어린이가 사람들 듣는 데서 상스러운 말을 막 내뱉고 난 뒤 자아도취에 빠진 것 같은 표정이었다. 내 옆에 있던 롭은 고개를 돌려 마음껏 웃음을 터뜨렸다.

에마가 새 책을 골랐다. 듀오 전집의 문고판으로, 시사하는 바가 큰 제목이었다. 《불같은 열정》이라……. 가히 내용을 짐작할 수 있는 제목이었다. 그러면서 두 동료에게 곱지 않은 눈길을 보내며 말했다.

"좋아요. 그럼 이건 반대 없죠?"

에마가 무뚝뚝하게 덧붙였다.

"이건 청소년기의 추억이 어려 있지 않은가요? 후회 안 할 자신 있어요?"

두 남자는 고개를 숙였다. 콜랭이 이렇게 중얼거리는 것 같았다.

"그래도 한 시대의 증인인데……."

"오, 안심하세요! 여기 여러 권 있어요. 보세요."

롭이 말하면서 서가에서 《불같은 열정》을 두 권 더 꺼냈다. 처음 것과 같은 책이었다. 에마는 그제야 내게 알려 줄 필요가 있다는 것을 기억했다.

"알리스, 알아 둘 게 있어요. 이 책을 읽는다는 것은 이 책을 영원히 파괴하는 것을 의미해요."

4.
책바이러스로의 여행

"여기 앉아요, 알리스."

에마가 나에게 철제 걸상을 권했다.

"현기증이 나더라도 놀라지 마요. 다른 곳으로 가는 느낌이 들어도 놀라지 말고요."

내가 수첩에 적었다.

"다른 곳이라고요?"

"네, 이제 당신은 양방향 가상 독서라는 것을 할 거예요. 가상 현실 헤드폰을 써 본 적이 있나요, 알리스?"

나는 고개를 저었다. 컴족이 사용하는 이런 기술들이 있다는 것은 알고 있었다. 문자족이라면 그런 것들을 시험 삼아 해 보거나 해 볼 생각도 절대 하지 않았을 텐데 에마가 가상 세계에 익숙한 것 같아서 내심 좀 놀랐다.

"깜짝 놀랄 거예요, 알리스. 아마 기분이 좋을 수도 있어요, 처음엔."

롭이 물었다.

"누가 알아요, 에마? 이 책은 그대로일지?"

"아니에요, 롭. 대도서관의 책은 다 감염됐다는 걸 당신도 잘 알잖아요. 자, 알리스, 읽어요."

표지를 봤다. 분홍 드레스를 입은 젊은 여자가 웃음 띤 남자 팔에 안겨 있는 소박한 그림이었다. 배경에는 공원 한가운데에 부르주아풍의 커다란 건물이 서 있었다. 나는 작가가 누군지도 보지 않고 빨리 책장을 넘겨 1장부터 읽기 시작했다.

부아 졸리 영지에 도착하자 발레리 모리스는 곧 웅장한 저택에 이르는 통로를 따라 서 있는, 수령이 백 년은 된 거대한 나무들에 감탄했다. 문턱에서 한 하녀가 기다리고 있었다. 발레리가 다가오는 것을 보고 하녀는 환하게 웃었다. 그러고는 머리를 숙여 인사하며 말했다.

"아레 양이시죠? 제가 주인님 약혼녀를 맨 먼저 맞게 돼서 얼마나 자랑스러운지요!"

"어머, 아니에요!"

발레리는 서둘러 하녀의 오해를 풀었다.

"저는 고용된 간호사일 뿐이에요……."

바로 그 구절을 읽는 순간, 시야가 흐려지는 느낌이 들었다. 내 주위가 전부 유색의 허공 안에서 흔들렸다.

다시 똑바로 서는 데 몇 초가 걸렸다. 그러고 나서 보니…….

내가 있는 곳이 대도서관이 아니라 모르는 집 문턱이었다! 내 앞에는 공원과 나무들…… 그리고 내가 읽기 시작한 소설의 주인공이 있었다. 그랬다. 표지에는 없었지만 하녀까지도 알아봤다! 발레리는 딱 내가 상상한 모습 그대로였다. 사실, 내가 정말로 그녀 모습을 상상했을까? 정확히 말하면 아니지만, 그녀의 얼굴과 표정이 책의 부차적인 인물들에 대한 막연한 인상 속에 남아 있었다. 하지만 이제 그녀가 내 앞에 있고, 이 사람이 바로 발레리라는 걸 알 수 있었다.

재구성된 현실은 완벽했다. 지나칠 정도로 완벽해서 집은 잡지 속 사진에서 튀어나온 것 같았고, 풍경은 싸구려 그림 같았다. 내 앞에 있는 발레리 모리스는 연약한 인형 같아 보였고, 발레리의 옷은 세탁소에서 바로 가져온 것 같았다.

나는 시선을 옮기고 앞으로 걸었다. 나는 정말로 다른 곳에 와 있었다. 그러니까 소설 속에 있었다! 그러나 현실은 아니었다. 왜냐하면 기적처럼 내가 소리를 듣고 있었기 때문이다. 그랬다. 나무에 이는 바람 소리와 새들이 지저귀는 소리가 들렸다. 나는 작은 목소리로 새침하게 말하던 발레리 모리스를 돌아봤다.

"저는 아레 양이 아니고, 간호사인데요……."

"아! 이리 오세요. 당신이 쓸 방을 보여 드릴게요."

하녀의 말투가 사무적으로 냉랭해졌다. 하녀가 현관으로 들어가자, 발레리가 내가 있던 문턱에 여행 가방을 두고 하녀를 따라갔다.

그런데 이 이야기에서 나는 누구였나? 유령인가? 아니었다. 손을 내밀어 보니 나는 정말로 존재했다. 나는 가방을 들었다. 무게가 10킬로그램 정도 되는 것 같았고 플라스틱 손잡이의 감촉이 느껴졌다. 두 여자를 따라서 거실로 들어갔는데, 머리를 아프게 하는 냄새가 났다. 조그만 원탁 위에 아주 커다란 장미 한 다발이 있었다.

"어머, 내 가방이 거기 있었군요! 제게 주시겠어요?"

발레리가 내게로 와서 자기 가방을 가지고 넓은 대리석 계단을 급히 올라갔다.

"주인님 약혼녀는 언제 오는지 모르겠네."

갑자기, 하녀가 내 옆에 와 있었다.

"새로 온 간호사 어떤 것 같아?"

나한테 물어보는 건가?

"글쎄…… 솔직히 말하면……."

믿을 수 없었다. 그렇게 더듬거리는 게 바로 나였다! 태어나서부터 단 한 마디도 해 본 적이 없는 내가!

하녀가 다시 말했다.

"나는 전혀 믿음이 안 가. 조심해야 할 것 같아."

하녀가 그 말을 마치자마자 다시 사방이 흔들렸다. 귀가 윙윙거리더니 막혔다. 대낮의 밝은 빛 대신 희미한 빛이 보이고, 차츰 내 앞에 대도서관의 책이 보였다.

난 여전히 책을 들고 앉아 있었다.

에마가 불쑥 말했다.

"당신은 움직이지 않았어요. 자기도 모르게 몇 페이지 넘겼을 뿐이에요."

나는 소리쳐 말하고 싶었다.

에마가 물었다.

"어때요?"

롭이 내 대화 수첩을 건네줘서 휘갈겨 썼다.

"믿을 수 없어요!"

롭이 웃으며 말했다.

"사실 마술 같죠."

"악마 같은 거예요."

에마가 딱딱한 어조(내 느낌에는)로 반박했다. 그러더니 내가 아직도 들고 있는 책을 가리키며 말했다.

"이제 그걸 잘 봐요."

표지는 그대로였다. 제목과 작가 이름이 여전히 있었다. 그런데 첫 페이지가 백지였다. 두 번째 페이지 역시······.

나는 몹시 흥분해서 책을 넘겼다. 책장엔 남아 있는 게 없었다.

이십일 페이지까지. 다음 페이지들은 뿌옇게 변해 있었다. 글자가 반쯤 지워져서 종이 위에 엉망으로 쏟아 놓은 것처럼 보였다. 단한 단어도 제대로 알아볼 수가 없었다. 40페이지 정도까지만 겨우 줄거리를 따라갈 수 있을 뿐이었다.

내가 수첩에 썼다.

"설명해 주세요!"

에마가 또박또박 말했다.

"간단해요. 바이러스 때문이에요. 정체불명의 바이러스. 아무것도 그걸 막지 못하는 것 같아요. 대도서관 전체와 파리에 있는 여러 도서관이 감염됐어요. 최근 우리가 들은 소식에 의하면 유럽의 다른 여러 도시도 감염됐어요. 모든 책이 사망 선고를 받았어요."

"바이러스요? 그게 어떻게 작용하죠?"

이번에는 롭이 말했다.

"지금까지 우리가 알아낸 거라고는 바이러스 보균 상태인 책이 그 책을 읽는 독자를 감염시키고, 감염된 독자가 읽는 다른 책마다 바이러스를 옮긴다는 게 다예요. 방금 알리스, 당신에게 일어난 일이죠."

"내가 어떻게 현실로 돌아온 거죠?"

"내가 그냥 책을 닫기만 했을 뿐이에요. 안 그랬으면 당신은 아직도 계속 그 속에 있었을걸요. 그렇지 않은가요?"

에마가 답하며 살피는 듯한 눈초리로 나를 훑어보았다. 나는 이렇게 대답해 주고 싶었다.

'당연하죠! 이런 경험에 어떻게 매료되지 않을 수 있겠어요? 어떻게 자기가 읽는 이야기를 정말로 살아 보고 싶지 않겠어요?'

에마가 다시 말했다.

"사실, 그건 단순히 의지의 문제예요. 독자는 읽던 책을 닫기만 하면 돼요. 일 초만 있으면 현실 세계로 돌아와 앉아 있죠. 왜냐하면 이 가상 독서 중에 독자는 전혀 움직이지 않으니까요."

"그런데 글자가 하나씩 지워지나요?"

"그래요. 봐요. 보여 줄 테니."

에마가 다른 《불같은 열정》을 꺼내더니 내 옆에 앉았다. 콜랭의 조소 어린 표정을 보고 에마가 한마디 했다.

"아, 좋아서 이러는 게 아니잖아요! 대의를 위한 거죠."

"누가 뭐라고 했소? 왜 굳이 변명을 하고 그러시오?"

콜랭이 대꾸했다. 에마가 다시 말했다.

"롭, 알리스에게 나와 만나는 방법을 설명해 줘요."

에마가 방금 꺼낸 《불같은 열정》을 들고 읽기 시작했다. 처음 10초 정도 동안에는 아무 일도 일어나지 않았다. 글자 하나 지워지지 않은 채 몇 페이지를 넘겼다. 그런데 갑자기 글자들이 흐려지더니 문장들이 하나둘 사라졌다. 마치 자판의 '삭제' 버튼을 계속 누르고 있으면 컴퓨터 화면의 글이 지워지는 것과 똑같았다!

"신기해요! 그럼 잉크는 어떻게 된 거죠? 증발했나요?"

롭이 대답했다.

"그렇겠죠. 우리도 아직 몰라요."

에마는 내 옆에 앉아서 책에 눈을 고정한 채 멍한 눈으로 이야기에 완전히 몰입해서 읽었다. 에마가 페이지를 넘기면 그 페이지는 바로 백지가 됐다.

롭이 설명했다.

"독자 스스로 앞으로 어떤 행동을 하겠다고 하면 그 모든 게 실제로 일어나죠. 그래서 아직 읽지 않은 구절들이 지워지기도 해요. 신기하죠? 아, 이제 당신이 에마와 만나야 해요."

"에마와 만난다고요? 어떻게요?"

"읽기 시작한 책을 다시 읽어요. 아니, 40쪽 말고요. 처음부터요."

터무니없는 짓 같았다. 내 대화 수첩에 썼다.

"백지인걸요!"

"책은 그래요. 하지만 당신 머리는 그렇지 않아요. 이미 읽은 내용을 기억하고 있어요. 해 봐요, 알게 될 테니."

믿기지 않았지만 《불같은 열정》을 펴고 글자가 사라진 첫 페이지에 시선을 고정했다. 거의 순간적으로 조금 전 나를 놀라게 했던 바로 그 허공 속에 내가 있었다. 그래서 공원을 마주 보고 선 그 집 문턱에 그 하녀와 함께 있었다.

으리으리한 리무진 한 대가 길 끝에 나타났다. 차가 자갈과 부딪치는 소리를 내며 브레이크를 잡고 커다란 바깥 계단 앞에 섰다.

하녀가 외쳤다.

"아! 이번엔 정말로 아레 양이 오셨네."

차에서 내린 기사가 차 뒷문을 열었다. 젊은 여자가 내렸다. 흰색 무도화를 신고 어깨를 드러낸 분홍 드레스를 입었다.

나는 계단을 내려가 다가갔다. 아레 양은 내가 생각했던 것보다 젊지 않았다. 얼굴이 낯설지 않았다. 틀어 올린 쪽찐 머리가 갑자기 눈에 들어왔다.

"아레 양! 제가 마중하게 돼서 정말 기뻐요. 부아–졸리에 오신 걸 환영합니다."

하녀는 자기에게 거만한 미소를 짓고 나를 차갑게 흘끗 바라보는 젊은 여자에게 인사했다.

그 여자가 내게 물었다.

"당신은 누군가요?"

"저는⋯⋯ 알리스입니다. 알리스 L.C. 원더요! 나를 못 알아보세요, 에마?"

"알리스? 그럼⋯⋯."

새삼 에마가 자기 옷과 구두를 보더니, 자신의 명령을 기다리는 기사 쪽으로 돌아서서는 얼굴을 붉히며 투덜거렸다.

"옷이 이게 뭐람! 이것도 이 바이러스의 부작용 중 하나라니까요. 여기서는 내가 아레양으로 나와서…… 아, 창피해 죽겠네!"

나는 웃음을 터뜨렸다. 태어나서 처음 진짜로 웃었다.

에마가 신경질적으로 자기 옷을 만지작거리며 내게 쏘아붙였다.

"난 하나도 안 웃긴다고요!"

"새로 온 간호사 발레리 모리스입니다."

하녀가 나를 가리키며 설명했다.

"아가씨께서 이미 새 간호사를 알고 계신 줄 몰랐어요."

내가? 간호사? 사실이었다. 내 발치에는 플라스틱 손잡이가 달린 재생지로 만든 알량한 종이 가방이 놓여 있었다. 그런데 아까 읽었을 때는 분명…….

에마가 나오는 비웃음을 참으며 말했다.

"봐요, 알리스. 당신 신세도 나보다 나을 게 없군요!"

하녀가 지극히 공손한 태도로 에마에게 물었다.

"아가씨, 들어가시겠어요?"

"내 짐을 좀 들어 주겠어요? 그리고 발레리, 당신은 날 따라오……."

에마-아레가 당황하며 말을 하다 말았다. 그러더니 계단을 올라가려고 드레스 자락을 잡았다. 다른 시대 행동인 이 몸짓을 하다가 뻣뻣이 서서 중얼거렸다.

"미안해요, 알리스. 이것 참 끔찍하군요. 그렇죠?"

"그렇게 나쁘지만은 않아요! 보시다시피 여기서는 제가 말도 하고 듣기도 해요."

"바보 같은 소리! 당신은 아무 말도 하지 않고 듣지도 못해요. 우리가 겪는 것은 다 머릿속에서 일어나는 거예요. 이건 일종의 인위적인 꿈이에요. 꿈에서는 무엇이든 가능하죠."

"그렇군요……."

"충분히 봤으니 현실로 돌아갑시다."

책을 덮는 일은 아주 간단해서, 내 생각에 예전에 연속극을 보다가 텔레비전을 끄듯 하면 됐다.

갑자기 의식이 돌아왔다. 나는 에마 옆 의자에 앉아 있었다. 우리의 시선이 마주쳤다. 방금 전까지 영 다른 세상에 있다가 대도서관 지하에서 다시 보니 기분이 아주 이상했다.

에마가 중얼거렸다.

"자, 당신이 보았듯이, 여러 독자가 같은 이야기 속에서 만날 수 있어요. 그때그때 각자의 감수성과 책 내용에 따라 이런저런 인물이 되죠. 그래서 그 인물의 행동에 개입해서 변화시킬 수도 있어요. 때로는 그저 무대만 사용하기도 하죠."

바로 그 순간, 나는 상황의 심각성을 미처 깨닫지 못하고 오히려 흥분 상태였다!

에마가 엄하게 말했다.

"당신이 무슨 생각을 하는지 알아요. 이 바이러스가 장애물이기는커녕 새로운 지평을 열 수도 있을 텐데 우리가 과민하다고 생각하죠?"

에마가 줄지어 있는 수천 권의 책을 가리켰다.

"이건 책들의 죽음이에요, 알리스! 사람이 읽은 책들은 백지 뭉치로 변해요."

롭이 정정했다.

"꼭 그렇지만은 않아요. 기록이나 수필 같은 비소설류는 모두 이 바이러스에 버티죠. 본문이 지워지고 독자를 다른 곳으로 데려가려면 책 내용이 스토리를 가지고 이어지며 머릿속에 영상을 만들어 내야 하니까요."

롭은 필요 이상으로 또박또박 이야기했다.

내가 수첩에 썼다.

"책들은 죽을지 몰라도 독자는 아니잖아요! 게다가 여기 대도서관에도 모든 고전 작품은 2진 언어(컴퓨터에 저장되어 있다는 뜻이다.-옮긴이)로 기록되어 있지 않나요?"

롭이 말했다.

"이런, 바이러스는 종이에만 영향을 주는 게 아니에요. 읽은 것은 뭐든지, 독자가 도피할 수 있는 것에는 뭐든지 영향을 주죠. 그것은…… 뭐라고 해야 하나?"

롭이 에마를 돌아보며 조심스레 말을 골랐다.

"직접 독서를 가능하게 해요. 작가의 상상력과 직접 만날 수 있게 해요."

에마가 반박했다.

"전혀 그렇지 않아요. 그건 변장한 컴족이 주장하는 거예요. 영상이나 무대, 영화는 독서와 아무 상관도 없어요! 바이러스가 우리를 데려가는 세계는 정형화된 틀, 고정 관념, 막다른 골목들이라고요. 그걸 모르면서 롭, 우리 적들의 행동을 정당화하고 있군요."

갑자기 세 명 모두 화들짝 놀랐다. 무슨 소리가 울렸나 보다. 콜랭이 자기 손목시계를 가리켰다.

"10시. 특별 야간 회의 시간이……."

"갑시다."

에마가 책을 제자리에 두며 말했다.

글자가 반쯤 남은, 보던 책에 내가 마음을 빼앗긴 것을 눈치챈 에마가 내 손에서 책을 가져다가 약간 딱하다는 듯한 미소를 지으며 내 의사는 물어보지도 않고 내 가방 옆 주머니에 집어넣었다. "선물이에요!"라며.

나는 에마 어깨에 손을 대고 이렇게 쓴 내 수첩을 가리켰다.

"우리의 적들이란?"

"ZZ(컴족을 가리키는 말—지은이). 이 바이러스를 퍼뜨린 건 의심할 여지 없이 바로 그들, 컴족이죠."

에마가 대답했다.

5.
열띤 회의

아카데미 위원회 회의실에 들어갔을 때의 느낌이 되살아난다.

대도서관에서 가장 큰 방이었는데 책으로 도배가 되다시피 했다. 기둥머리를 둘러 유럽 공식 연합 지식인 아카데미의 표어인 플라톤[1]의 제칠 서간의 한 구절이 적혀 있었다.

"인간의 불행은 철학자가 권력을 잡거나, 신의 도우심으로 철학자가 도시의 우두머리가 되기 전에는 그치지 않을 것이다."

문학 각 분야에서 가장 훌륭한 작가들, 즉 인류 운명의 진정한 장인들의 초상화가 걸려 있었다. 언젠지 알 수 없지만 콜랭이 이렇게 단언한 바 있다.

---

1 플라톤(?B.C.428~?B.C.347). 서양 문화의 철학적 기초를 마련한 고대 그리스의 철학자. 소크라테스의 제자이자 아리스토텔레스의 스승으로 알려져 있다. 논리학, 인식론, 형이상학 등에 걸친 광범위하고 심오한 철학 체계를 전개했으며, 30여 편에 달하는 대화록을 남겼다.

"인간이 공화국을 창시했다면, 그것은 라파예트나 당통, 로베스피에르[2]의 덕이 아니라, 토머스 모어[3]나 장 자크 루소[4]가 사람들 속에 그 사상의 씨앗을 심었기 때문이다. 인간이 달을 정복했다면, 그것은 치올콥스키[5]나 케네디[6], 베른헤르 폰 브라운[7]의 덕이 아니다. 그것은 시라노 드베르주라크[8]와 쥘 베른[9], 에르제[10]가 집단 상상력 속에 그 계획을 가꿔 놓았기 때문이다."

나는 방 입구에 가만히 서 있었다. 거기서 유리창으로 된, 시야

---

2 라파예트, 당통, 로베스피에르는 18세기 프랑스 혁명기의 정치가들이다. 라파예트는 프랑스 혁명 초기에 파리 국민방위군 사령관으로 자유주의 귀족의 지도자로 활약했다. 당통은 군주제를 무너뜨리고 프랑스 제1공화국을 세우는 데 주도적인 역할을 했다. 로베스피에르는 공포 정치 시대 급진적 자코뱅당의 지도자로 활약하였고 파리 코뮌의 대표로 추대되었다.

3 토머스 모어(1478~1535). 영국의 법률가, 사상가, 정치가. 이상적인 정치 체제를 지닌 상상의 섬나라 《유토피아》를 저술했다.

4 장 자크 루소(1712~1778). 프랑스의 사상가이며 소설가. 《신 엘로이즈》, 《에밀》, 《고백록》 등의 저서를 통해 사회에 통렬한 비판을 가하며 참된 '인간 회복'을 주장했다. 루소의 자유 민권 사상은 프랑스 혁명 지도자들의 사상적 지주가 되었다.

5 치올콥스키(1857~1935). 러시아의 물리학자. 독학으로 물리와 화학을 공부해 우주 비행 이론과 로켓 및 인공위성 연구의 선구자가 되었다. 저서에 《로켓에 의한 우주 탐구》가 있다.

6 케네디(1917~1963). 미국의 제35대 대통령. 소련과 부분적인 핵실험 금지 조약을 체결하였고 중남미 여러 나라와 '진보를 위한 동맹'을 결성하기도 하였다.

7 베른헤르 폰 브라운(1912~1977). 독일의 로켓 개발과 냉전 시대 미국의 우주 개발에 핵심적인 역할을 한 독일계 미국 사람이다.

8 사비니앵 시라노 드베르주라크(1619~1655). 프랑스의 작가. 작품 《달나라 여행기》, 《해나라 여행기》는 공상 과학 소설의 시초를 연 작품으로 평가된다.

9 쥘 베른(1828~1905). 19세기 프랑스 소설가. 《해저 2만 리》, 《80일간의 세계 일주》, 《20세기 파리》 등이 대표작으로 근대 공상 과학 소설의 선구자로 불린다.

10 에르제(1907~1983). 벨기에의 만화가. 기자 땡땡과 개 밀루가 전 세계를 모험하는 만화 '땡땡의 모험' 시리즈는 전 세계 60여 개국에서 출간된 만화계의 고전이다.

가 탁 트인 공간을 감상했다. 그 유리창을 통해 계단식 좌석 너머로 높이 조명이 켜진 실내 정원이 내다보였다. 아카데미 위원들이 일어서서 나에게 박수를 보내고 있다는 것을 이해하기까지 잠깐 시간이 걸렸다.

에마가 정숙하라는 뜻으로 손을 들었다.

"신사, 숙녀 여러분, 착석하십시오."

에마가 나를 가리키며 덧붙였다.

"작은 문제가 하나 생겼어요. 새로 선출된 우리 위원이…… 의사 표현도 못 하고, 우리 이야기를 듣지도 못합니다!"

모인 사람들 사이에 믿기지 않는다는 웅성거림이 이는 것 같았다.

"사실, 알리스 L.C. 원더는 농아입니다."

이 말에 위원들은 말을 잃었다. 에마가 위원들이 당황한 틈을 타 말을 이었다.

"물론, 알리스는 가까운 대화 상대의 입 모양을 읽을 줄 알아요. 하지만 여기 우리는 인원도 많고 멀리 떨어져 있어요. 우리 대화를 따라올 수 없을 거예요. 간혹 우리는……(에마가 한숨을 쉬었다.) 동시에 모두 이야기를 하기도 하니 더하죠! 그런데 알리스는 우리 토론에 참여해야만 해요."

에마가 내 대화 수첩을 집어서 팔을 쭉 뻗었다.

"그리고 이 정도 거리에서는 아무것도 안 보이죠? 그래서 우리가 나누는 이야기를 알리스가 따라오고 의견을 표명할 수 있게 하

44

는 장치가 이 방에 필요해요."

에마가 롭에게 살짝 눈짓을 하자, 롭이 방을 나갔다. 위원 중 한 사람이 일어났다. 화장이 좀 짙다 싶은, 키가 크고 우아한 여자였다. 누군지 금방 알아봤다. 셀린 L.F. 바르다뮈였다. 셀린의 책은 늘 날 매료시켰다. 기본 철학이 마음에 드는 것은 아니었지만. 셀린은 국가 안보 책임자였다.

"잠깐만요, 에마. 이 새로운 사실은 우리 계획을 수정할 성격의 것인 것 같은데요. 알리스 L.C. 원더가 그런 장애가 있다는 사실을 투표 전에 알았다면 우리가 그녀를 뽑았을 것 같아요?"

"알리스는 아카데미 위원입니다, 셀린. 그걸 재론하자는 건가요?"

"그래요. 어제 나는 《책과 우리》에 투표하지 않았어요. 명백히 그 책은 컴족을 옹호해요. 그리고 오늘 우리는 그 책을 공공 발언 자격증도 없는 사람이 썼다는 사실도 알았고요!"

적어도 확실한 것, 그것은 내게 공공연한 적이 있다는 것이었다.

셀린이 퉁명스럽게 덧붙였다.

"그리고 내일, 에마, 이 아가씨를 위해 이 방에 화……, 화면을 설치하자는 거죠?"

그 여자 입에서 나오자 그 단어가 몹시 상스럽게 들렸다.

"내일이 아니라, 셀린, 바로 오늘 저녁이에요."

에마가 침착함을 잃지 않고 대꾸했다.

아카데미 위원 여럿이 일어났다. 화가 난 것 같았다. 아까 내게 박수갈채를 보낸 것만큼이나 격렬하게 소리치고 있음을 알 수 있었다. 적이 하나인 줄 알았는데, 내가 오해를 해도 이만저만 한 게 아니었다!

하지만 항의를 하는 사람은 열 명이 채 안 됐다. 그들의 반응은 작위적이고, 현실적이기보다는 극적으로 보였다. 마치 자신들의 위치나 지위에 그런 반대가 필요하다고 생각하는 것 같았다. 나머지 아카데미 위원들은 전혀 적의를 보이지 않았고, 많은 사람이 내게 동정심을 보여 주었다. 모두들 신경질적이고 근심스러워 보였다. 사실, 오늘의 문제는 내가 아니라 이 의문의 바이러스였다.

에마가 다시 말했다.

"게다가, 당신 의견을 묻지 않았어요! 알리스의 존재는 합법적일 뿐만 아니라 필요해요. 이 재난의 심각성을 알리스가 이해해야 해요. 그래서 자신이 취해야 할 행동에 대한 생각을 우리에게 말해 줘야 합니다."

셀린이 발언을 하려고 일어서자 에마가 셀린의 입을 다물게 했다.

"그다음에, 셀린, 표결에 부칠 거예요."

롭이 다시 나타났다. 제복을 입은 두 관리인이 액정 표시 대형 스크린을 들고 같이 왔다. 영화관마다 16:9 모델(일반적으로 16:9 가로세로비의 1366×768의 해상도를 일컫는다. 2006년에 LCD 텔레비전과 HD 레디 플라스마에서 가장 많이 쓰는 해상도로 자리 잡았다.—옮긴이)이 걸렸던 그 시절 모

46

델이었다. 그 첨단 기술의 총아가 촌티 나는 칠판처럼 관중석 맞은편에 설치됐다. 롭이 내 앞에 자판을 놔 줬다. 모든 아카데미 위원들 앞에 마이크를 설치하는 동안 롭이 분노하는 동료들에게 설명했다.

"걱정 마요. 여러분은 자판을 사용하지 않을 거니까. 음성 인식 소프트웨어 덕에 여러분이 하는 말은 모두 곧바로 다시 화면에 나타날 거예요. 통합 자동 오자 수정 기능도 있어서……."

"이 사람 롭이 진짜 모니터 인간이군요! 멀티미디어 챔피언이에요!"

셀린이 빈정거렸다.

거북한 웃음소리가 들렸지만 에마는 이야기를 하느라 몰랐다.

"발언권을 파브리스 H.B. 소렐에게 넘기겠습니다. 문제의 경과를 간략히 설명한 다음 결과를 보여 줄 겁니다."

파브리스 H.B. 소렐이 어색하게 일어섰다. 몸매는 청소년처럼 가냘펐지만 사려 깊어 보이는 남자였다. 동료들의 동의를 구하는 듯 우선 청중석을 둘러봤다. 그리고 에마의 신호에 따라 서류를 열고 읽었다.

"바이러스 LIV3(엘아이브이스리)는 지난달 유럽 대부분 도시에서 나타난 것으로 보입니다."

음성 해독기 덕에 문장이 아주 미미한 시간차를 두고 스크린에 나타났다.

"처음 발견된 곳은 6월 15일 파리 북부 교외였습니다. 20일에는 릴과 리용, 보르도, 런던, 베를린, 마드리드에서 동시에 나타났습니다. 같은 달 말에는 대도서관과 수도 파리의 여러 구가 감염되었습니다. 미국에서는 7월이 돼서야 나타났는데, 그 현상으로 심각한 결과가 초래되지는 않은 것 같습니다……."

반세기 전부터 미국과 동쪽 제국들은 문자 공화국 설립에서 이탈해 이에 대한 반동으로 텔레비전과 컴퓨터, 영상 전자 오락을 통한 영상 보급에 특혜를 줘 왔다.

"각국 정부는 자기 나라가 이 바이러스의 근원지가 아니라고 부인합니다. 분명한 증거 한 가지는 바이러스 LIV3가 여기서 멀지 않은 곳, 아마도 에피네 쉬르 센이나 생드니에서 발생했다는 사실입니다."

셀린이 끼어들었다.

"당연하죠! ZZZ(컴족 본부가 있는 지역—지은이)에서 그 바이러스를 만든 건 바로 변두리의 컴족이죠!"

나는 얼굴을 찡그렸다. 에마가 소리 내지 않고 정확히 내게 입 모양으로 말했다.

"컴족 지역!"

롭은 누가 이야기를 하는지 내가 알 수가 없다는 것을 재빨리 알아채고는 자기 자판을 이용해 이야기하는 사람의 이름을 대문자로 쳤다. 곧 대형 스크린은 기이하게도 웹 대화방에 연결된 컴퓨터 화면과 비슷해졌다.

셀린 : 교외에 창궐하는 비밀 파라볼라 안테나(방송 위성을 통해 송신되는 마이크로파 수신에 사용되는 안테나—옮긴이)를 파괴해야 해요! 옷 속에서 돌아다니는 오락기 추방! 가상 현실 헤드폰 사용 금지! 법으로 텔레비전과 컴퓨터 폐지! 그리고 화면 인간, 이 가증할 변형 인간들 제거!

에마가 어깨를 으쓱하는 게 보였다.

에마 : 그렇게 하는 것이 항바이러스 법률안을 가결하는 것만큼 효과가 있을 것 같습니까!

누군지 모를 다른 위원이 끼어들었다.

돔 : 이봐요, 셀린, 권위적인 조치는 조롱거리밖에 안 될 거라는 걸 당신도 잘 알잖아요! 웹은 존재해요. 광신도들이 끊임없이 보수하고 확장시키는 케이블망이 거미줄처럼 온 나라에 깔려 있어요. 전 지구가 위성들의 송신으로 넘쳐 나고요. 어떤 법으로도 컴족이 원하는 영상을 찾는 것을 막지 못할 거요…….

내가 손을 들었다. 에마가 내게 자판를 쓰라는 신호를 보냈다.

알리스 : 왜 바이러스가 북쪽 외곽에서 만들어졌다고 생각하죠?

에마 : 우리는 그곳이 컴족 본부가 있는 지역이라고 확신하니까요. 자발적인 컴족이 최초로 영상 이식을 받는 곳도 바로 거기예요.

셀린 : 세상에, 우리 안보국에서는 이런 끔찍한 짓을 저지르는 실험실들을 발견조차 못했군요.

에마 : 바이러스도 같은 장소에서 개발된 게 틀림없어요!

알리스: 그 바이러스를 퇴치할 방법이 전혀 없나요? 전문가에게 문제를 의뢰하지 않았나요?

대답 대신 거북한 침묵이 돌아왔다.

롭: 의뢰했어요. 우리 전문가들이 연구하고 있어요. 하지만 거의 희망이 안 보여요. 이 바이러스를 개발한 자들은 강해요. 매우 강하죠. 우리와 뜻을 같이하며 여전히 헌신적인 몇몇 학자보다 훨씬 더요.

오래전부터 과학자들은 재능 있는 컴퓨터와 비디오 추종자들과 같은 입장을 취해 왔다.

에마: 전문가들이 연구하는 동안 우리는 행동을 해야 해요. 기적을 기대하지 말고.

돔: 우리는 살아남은 책을 보호해야 해요! 치료 방법이 나올 때까지 독서를 금지합시다!

셀린: 말도 안 돼요. 그건 공개적으로 적 앞에서 항복하는 거예요!

알리스: 컴족은 왜 이 바이러스를 LIV3로 명명했죠? 여기서 3이 삼차원과 관련이 있나요?

롭: LIV는 분명 양방향 가상 독서의 약자입니다. 컴족 대장인 손이나 컴족이 연이어 양방향 가상 독서 바이러스 둘을 개발했던 것 같아요. 두 번째까지는 실패했죠. 그런데 세 번째는…… 성공한 거죠.

방 저쪽 끝에서, 보고 책임자가 잠시 조용한 틈을 이용해서 자기 서류를 계속 읽었다.

파브리스: 바이러스는 책에서 독자에게 그리고 독자에게서 책으로 전

파돼요. 감염된 작품이나 개인은 단순 접촉으로 바이러스를 전달해요.

알리스: 잠깐만요, 그럼 지금 내가 감염됐다는 말인가요? 완전히? 내게 그 소설의 앞부분을 읽게 했을 때부턴가요?

롭: 당신은 우리가 당신 집 문을 두드렸을 때부터 감염됐어요, 알리스. 어차피 조만간 당신은 감염됐을 거예요.

스크린이 다시 잠잠해졌다. 위원들이 모두 나를 보고 있음을 깨달았다. 내가 가장 피하고 싶은 상황이 벌어질 것 같은 분위기였다.

알리스: 내게 무엇을 기대하는 거죠? 왜 나를 선출했나요?

에마: 우리는 바이러스에 대한 당신의 의견을 듣고 싶어요, 알리스. 당신 생각에는 어떻게 하면 좋겠어요?

생각할 필요도 없었다.

알리스: 바이러스를 막는 것이 불가능한 것 같으니 만든 사람들을 찾아야죠. 아마도 그들은 백신을 개발했겠죠?

셀린: 컴족이 그 백신을 우리한테 팔 것 같아요? 우리에게 그것을 제공할까요? 꿈 깨세요, 아가씨! 그 광신자들이 원하는 것은 권력이에요. 아니, 오히려 무정부 상태죠!

에마: 그들을 찾는다. 어떻게요?

컴족은 숨어 지냈다. 그들의 영향력이 미치는 지역과 관습, 그들만의 암호가 있었다. 그들은 책이나 문자족의 공식 신문은 건드리지도 않았다. 손전화기로 소통했는데, 그것은 특히 모든 암호와 익명을 가능케 하는 웹 덕이었다.

알리스: 매체와 공고를 통해서 바이러스의 존재를 알려야 해요. 텔레비전에도요. 왜 호소하지 않나요? 그리고 아카데미 위원들이 컴족을 만나고 싶어 한다고 왜 알리지 않나요?

사람들이 내가 말을 끝까지 하게 놔두지 않았다.

셀린: 우리가 무능하다고 외치자고! 그것도 적들의 도구로!

에마: 셀린 말이 틀리지 않아요, 알리스. 그건 부질없는 짓일 거예요. 이 바이러스를 만든 자들은 우리의 공식적인 패배 발표를 기뻐할 거예요. 협상을 원했다면 벌써 우리에게 연락을 했을 겁니다.

알리스: 다른 해결책을 계획하고 있나요?

다시 조용해졌다. 위원들은 고개를 떨궜다. 내가 오기 전에 열띤 토론을 했다는 것을 알 수 있었다. 내가 선출된 원인이 됐던 토론이었던 것 같다.

에마: 네. 우리는 당신이 북쪽 외곽으로 가 주었으면 해요, 알리스. LIV3를 만든 자들을 찾는 임무를 띠고요.

그래서 날 뽑았군! 아카데미에 들어오게 되어 기뻤던 마음이 공포로 바뀌었다.

알리스: 나? 내가요? 왜죠?

에마: 당신이 그 일에 적임자이기 때문이에요, 알리스. 우리는 당신의 작품을 면밀히 분석했어요. 그 책이 나오자마자 바로 인기 도서가 된 것은 우연이 아니에요. 당신 책은 우리 사회에 대한…… 새롭고 과감

한 성찰이 함축적으로 들어 있어요.

에마가 내게 묻는 듯한 웃음을 보였다. 에마는 전부 이해했다. 문자족 유럽 정부의 낡아 빠진 신념과 방식에 대한 나의 망설임을. 컴족의 동기를 알고 싶고 그들의 기술에 친숙해지고 싶은 내 욕망을. 영상과 책이 화해해야 할 필요성을…….

왜 내가 그렇게 놀랐을까? 사실 나는 내가 원했던 바로 그곳에 도달했다. 문제는 내가 생각한 것보다 훨씬 일찍 내가 씨 뿌린 것을 수확했다는 것이었다!

에마:《책과 우리》는 현재 우리의 문제를 섬세하고 명확히 조명하고 있어요. 우리는 당신이 입증된 문자족이라고 믿어 의심치 않아요, 알리스. 하지만 당신은 컴족의 관습을 아는 것 같고, 그들에 대해서 우리만큼 불신을 품고 있지 않아요. 당신은 그들의 의도를 생각해 볼 수 있을 거예요. 누가 알아요? 당신이 그들에게서 백신을 빼앗아 올 수 있을지.

에마가 그리 호의적이지 않은 눈으로 사람들을 둘러봤다.

에마: 아무도 이 임무를 제안받은 사람이 없어요. 우리는 우리들 중 누구보다 당신이 믿을 만하다고 생각해요.

에마가 다시 미소 지으며 나를 돌아다봤다. 솔직하고 상대를 꼼짝 못하게 만드는 미소였다.

에마: 그리고 우리 모두는 알리스, 당신이 기꺼이 맡아 주기를 바라고 있어요.

6.
알리스의 임무

내가 다시 아카데미 위원들의 관심의 초점이 되었다. 셀린조차 내 대답을 기다리는 것 같았다. 분명 내게 오래 생각할 여유를 주지 않을 터였다. 에마가 나의 망설임을 헤아렸다.

에마: 시간이 촉박해요. 바이러스의 피해가 막대해요.

알리스: 셀린이 강조했듯이 내 장애가…….

에마: 오히려 그게 성공 요인이 될 거예요!

롭: 당신이 첫 번째가 아니에요, 알리스. 이미 우리는 첩보원을 여럿 보냈답니다. 컴족은 금방 첩보원을 알아냈고 자기들 비밀 텔레비전 방송에서 웃음거리로 만들었어요.

알리스: 나는 베스트셀러 저자예요. 아카데미 위원이 됐고…….

에마: 당신 이름은 알려졌지만 얼굴은 안 알려졌어요. 다른 신분으로 가게 될 거예요.

거절한다는 것은 사태가 악화되는 것을 손 놓고 보는 셈이었다. 나는 목이 메어 자판을 쳤다.

알리스: 하겠습니다.

에마가 일어나 손뼉을 치자 삼십여 명의 위원도 따라 했다.

에마: 이제, 아카데미에서 알리스를 사절로 파견하기 위한 투표를 합시다.

셀린: 관습에 따라 알리스가 우선 선서를 해야 하지 않을까요?

에마: 그래야죠. 롭, 헌법 본문을 옮겨 적어 줄 수 있어요?

롭: 그럴 필요 없어요. 하드 디스크에 저장돼 있어요.

곧바로 내용이 화면에 올라왔다.

1. 이성에 따라 행동하는 자는 자신의 판단 강화를 위해 과학을 숭배할 것이다.
2. 그는 자신의 감정을 양심의 통제하에 둘 것이다.
3. 그는 부를 추구하지 않을 것이다.
4. 명예와 공직이 자신의 영혼 균형에 해가 된다면 그는 이를 멀리할 것이다.

플라톤의 《유언》에 있는 이 발췌문은 유명했다. 이것은 플라톤의 《제9권》 끝에 나오며 유럽 지식인 연합 아카데미의 도덕률로 쓰였다. 그 내용은 내가 받아들인 임무의 구속력을 환기시켰다. 이제부터 내 다음 작품은 가명으로 출판될 것이다. 책으로는 더는 돈을 벌지 못할 것이다. 상징적으로 적은 금액의 월급을 받게 될 것이다. 대도서관에 소박한 작업실을 갖게 될 것이다.

40명의 아카데미 위원의 한 사람이 된다는 것은 권력을 획득하는 것이었다. 그러나 명성이나 돈이 함께 따라오는 것은 아닌 권력.

나는 자판에 의례적인 문구를 쳤다.

알리스: 본인은《유언》에 의거, 이 조건들을 받아들여, 헌법에 충성할 것을 맹세합니다.

누군가 기록부를 내게 주었다. 나는 내 이름과 날짜 옆에 서명을 했다. 고개를 들자, 화면에 표결에 붙이는 내용이 보였다.

알리스 L.C. 원더는 LIV 바이러스를 개발하고 유포한 자들을 찾아내는 임무를 띤다. 아카데미는 알리스에게 전권을 위임하여, 알리스가 맹세한 헌법이 허락하는 범위 내에서 극비리에 행동할 것을 요구한다.

에마 자리 위의 화면에 숫자 37이 보였다. 셀린은 예상 밖으로 많은 찬성표에 창백해졌다.

에마: 폐회를 선언합니다.

위원들이 일어섰다. 일부는 방을 나갔고, 몇몇은 모여 투표에 대해 이야기를 나눴다.

에마가 친근하게 내 어깨에 팔을 두르며 다정하게 말했다.

"이리 와요, 알리스. 당신은 오늘 밤 숙면을 취할 자격이 있어요."

롭이 내게 묻지도 않고 내 가방을 들며 말했다.

"내가 알리스를 새 아파트에 태워다 줄게요. 그러니 에마, 당신은 쉬세요. 오늘 하루 힘들었잖아요."

롭은 마치 내가 약시이기라도 한 듯 내 손을 잡았다. 그러고는 긴 복도를 따라 날 이끌고 어둠에 묻힌 광활한 도서관을 가로질렀다. 서가마다 책이 천장까지 빼곡했다. 이 책들이 모두 감염됐다고는 믿기 어려웠다. 롭이 내게 컴퓨터를 가리켰다. 대출 서비스가 컴퓨터화돼 있었기 때문이다.

"보다시피 이 엄숙한 곳에도 기술은 존재해요. 그러나 이제 아무런 도움이 안 되죠."

롭이 나를 엘리베이터에 태웠다. 엘리베이터 안에서 가까이 얼굴을 마주한 롭이 털어놨다.

"나는 《책과 우리》를 아주 좋아했어요. 저자를 하루빨리 만나고 싶었죠. 안달이 날 지경으로요. 역시 실망시키지 않는군요, 알리스. 전혀요."

불편할 정도로 롭이 날 보며 미소를 지어서, 나는 고개를 숙였다. 그러나 롭이 말하는 것을 보기 위해 아주 푹 숙이지는 않았다.

"당신이 이렇게 빨리 떠나게 돼서 섭섭해요. 비밀일지도 모르지만, 물어볼 게 하나 있어요. 당신 집에 갔을 때 당신 컴퓨터가 웹에 연결돼 있었던 것 같았는데, 맞나요?"

내 얼굴이 붉어졌던 것 같다. 다행히 바로 그 순간 엘리베이터 문이 열렸다. 우리 앞 참나무 목재로 된 문 위에 명패가 붙어 있었다.

〈알리스 L.C. 원터〉

"당신 아이디랑 비밀번호를 내게 알려 줘요, 알리스! 그러면 당신이 임무를 수행하는 동안 소식을 주고받을 수 있을 거예요. 아, 조심할 테니 안심하세요!"

롭은 계속 내게 이야기했지만 나는 롭을 바라보지 않았다. 롭의 함정에 빠지고 싶지 않았기 때문이다. 롭이 열쇠를 갖고 있었다. 나는 그 열쇠를 낚아채고, 내 가방을 집으려고 했다. 롭이 놓지 않았다. 나는 주머니를 뒤져서 펜과 수첩을 꺼내 적었다.

"정말 고마워요, 롭. 미안하지만, 롭, 지금 자정이에요. 그리고 나는 피곤해요."

마지막 문장에는 밑줄을 두 번 그었다. 롭은 얼굴을 찡그렸다.

"음, 그럼 잘 있어요, 알리스. 잘 자요."

나는 방문을 살며시 닫았다.

방을 둘러봤다. 사실 이 스튜디오는 내가 살던 곳과 많이 닮았다. 침대 하나, 옷장 하나, 커다란 책상 하나…… 그리고 잘 갖춰진 멋진 책장ー대도서관의 모든 책을 자유롭게 볼 수 있는 이곳에서는 불필요한 사치품이었다. 창문으로 파리 시내가 내다보였다.

어둡지만 불빛이 늘어선 센 강 줄기가 발밑으로 흘렀다. 이 전망을 오래 누리지 못할 거라는 생각을 했다.

사실 롭에게 말한 것만큼 피곤하지는 않았다. 오히려 이 특별한 저녁에 나는 아주 흥분된 상태였다. 나는 스스로를 진정시킬 좋은 방법을 알았다. 바로 독서! 서가에 꽂힌 책에 다가갔다. 대부분 내가 이미 읽은 고전이었다.

안 될 것 뭐 있나? 익숙한 책에 다시 빠지는 것은 휴식에 아주 안성맞춤이었다!《페스트[1]》를 꺼내서 펼쳤다.

거의 모든 페이지가 백지였다. 처음엔 당황했다. 그러나 이내 이 책을 이 방에 먼저 왔던 사람이 읽었다는 걸 알았다. 이렇게 실망스러울 수가! 이 책을 읽었을 때 느꼈던 감동이 되살아났다. 그러자 현기증이 나더니 갑자기 이상한 소음이 들리고 햇살이 가득한 곳에 내가 있었다. 나는 거리와 카페, 정면이 하얀 집들을 알아봤다. 그곳은《페스트》의 도시 오랑이었다.

얼른 책을 닫았다. 그러자 바로 현실 세계로 돌아와 내 새 아파트 침대에 앉아 있었다. 심장이 뛰고 머릿속에 수천 가지 의문이 떠올랐다.

---

1 프랑스 작가 알베르 카뮈가 1947년에 발표한 소설. 알제리의 해변 도시 오랑에 페스트가 발생해 도시가 완전히 폐쇄되자, 지식인, 의사, 기자, 신부 등 다양한 인물들이 페스트에 도전한다. 반항하는 인간상과 인간의 연대를 제시한다.

손가락으로 책들을 모두 더듬어 봤다. 《대장 몬[1]》이 따로 떨어져 있었다. 책장을 넘겨 봤다. 이 책은 인쇄 상태 그대로였다! 뭐라고 설명할 수 없는 안도감을 느꼈다.

편안한 마음으로 침대에 들어가기 전에 간단히 씻었다. 알랭푸르니에[2]의 소설을 읽기 시작했다.

그는 189⋯⋯년 11월 일요일에 우리 집에 도착했다. 그 집이 이젠 우리 집이 아니지만 나는 여전히 '우리 집에'라고 말한다. 우리가 그곳을 떠난 지 곧 15년이 되고 다시는 돌아가지 않을 것이다.

우리는 생트–아가트 상류 쪽 건물에서 살았다. 우리 아버지는⋯⋯.

그곳이 얼마나 내게 익숙한 곳인지 미처 알아차리기도 전에 갑자기 나는 학교 대운동장을 가로질러 유리문이 다섯 개 있는 기다란 붉은색 집에 다가갔다. 몇 발짝 앞에서 한 여자가 세탁장에서 나왔다. 우리 엄마였다. 내가 엄마를 불렀다.

---

1 알랭푸르니에의 1913년 작품. 아름다운 전원을 배경으로 청춘의 우정과 사랑과 방황을 서정적으로 묘사했다.

2 알랭푸르니에(1886~1914). 프랑스의 소설가, 시인, 평론가로 활동하다 제1차 세계 대전에서 28세의 나이로 전사했다. 《대장 몬》으로 프랑스 문학사에서 '영원한 사랑과 청춘과 모험의 작가'라는 타이틀을 얻었다. 《기적》, 《가족에의 편지》, 《서신 왕래》 같은 작품이 있다.

"엄마!"

엄마가 투덜거렸다.

"아, 집을 이따위로 지어 놓다니! 여기서는 가구가 제자리를 찾을 수가 없어! 게다가 이 짚 더미며, 이 먼지들……."

엄마는 집으로 들어가기 전에 내게 다가와 몸을 구부려 기계적으로 내 얼굴을 문질렀다. 나는 싫다고 하지 못하고 가만히 있었다. 그때 어떤 젊은 남자가 울타리에 난 구멍으로 우리 정원에 들어오는 것이 보였다. 남자는 아무도 없는 줄 알고, 한 나무에 다가가서는 익은 열매를 따서 와작와작 깨물어 먹었다.

내가 소리쳤다.

"이것 봐요! 누구세요?"

처음엔 남자가 도망치는 시늉을 했다. 그러더니 건방진 태도로 나를 위아래로 훑어보고는 공격적으로 대꾸했다.

"나 말이야? 보다시피 지나가는 사람이지. 난 너처럼 책 중 인물이 아니라고! 나는 심심해서 산책하다 복숭아나 훔쳐 먹으려고 여기 왔는데, 왜?"

남자는 이렇게 대꾸하고는 도망치려 했다.

"이봐, 기다려! 무슨 권리로……."

나는 남자의 조끼를 붙잡았다. 남자가 소리를 질렀다.

"이거 놔, 말썽쟁이 같으니! 내가 누군지 정말 알고 싶어? 난 컴족이야!"

남자가 거칠게 내 어깨를 쳐서 나를 넘어뜨렸다. 우물 가장자리 돌에 머리를 부딪쳤다……. 그리고 혼수상태에 빠졌다.

밝은 아침 햇살에 잠이 깼다.

나는 침대에 있었다. 대도서관 아파트 침대에. 벌떡 일어나다 어젯밤에 읽다 잠이 든 책《대장 몬》을 떨어뜨렸다.

책을 주워서 앞 페이지를 열어 봤다. 백지였다.

7.
에마의 비밀

옷을 다 입었을 때 내 앞에 어떤 그림자가 보여서 흠칫 놀랐다.

"미안해요, 알리스. 노크를 했지만 당연히 당신은 듣지 못했죠."

에마였다. 문가에 놓인 내 가방을 보고 에마가 말했다.

"벌써 준비했어요? 아주 잘됐네요. 당신에게 마지막 지시 사항을 일러 주러…… 그러려고 왔어요. 여기 당신 새 신분증이에요."

에마가 낡은 지갑을 책상 위에 놓았다.

"당신은 대도서관 직원 출입구로 나갈 거예요. 그다음부터는 당신이 알아서 가는 거예요, 알리스. 북쪽 외곽 지도를 가져왔어요. 붉은색 형광펜으로 표시한 곳이 바이러스가 처음 나타난 곳이라고 생각하는 지역이에요. 그리고 필요할 테니 지니고 갈 돈을 가져왔어요."

에마가 내 어깨를 잡았다. 에마는 떨고 있었다. 눈가가 촉촉했다.

"이 임무는 위험해요, 알리스. 매일 내게 편지를 써요. 잊지 마요. 매일이에요. 그래야 내가 안심할 수 있고 당신의 조사가 얼마나 진전되는지 따라갈 수 있을 거예요. 그리고 좀…… 개인적인 부탁을 하려고 해요."

그것이 에마가 방문한 진짜 목적인 것 같았다. 하지만 에마는 말을 할지 말지 마음을 못 정하고 주저했다. 내가 썼다.

"다 말하세요, 에마. 나는 많은 것을 알아들을 수 있어요."

힘을 얻어 고개를 든 에마는 나를 보고 고통스러운 듯 미소를 지었다.

"당신 아들에 관한 거죠, 그렇죠? 런드? 실제 이름도 그런가요?"

에마는 몹시 놀라 중얼거렸다.

"어떻게 알았죠?"

그건 그리 어려운 일이 아니었다. 에마가 길게 한숨을 쉬었다.

"《사라진 아들》은 실화예요. 그래요, 내 아들 런드가 집을 나갔을 때 열네 살이었어요. 그 이후로 다시는 못 봤어요. 컴족 대열에 합류했을 거예요. 그 아이에게는 그것만이 유일한 반항 수단, 폭군 엄마로부터 해방되는 방법이었죠……."

나는 수첩에 뭐라고 쓰고 싶었다. 에마가 말렸다.

"그럴 것 없어요, 알리스. 보다시피 나는 몇 년에 걸쳐 이 모든 것을 깊이 돌아봤어요. 그 당시 나는 완고했어요. 혼자 런드를 키웠고. 아이에게 아버지의 권위를 갖고자 했죠. 런드는 책은 절대

안 읽고 비디오 게임에만 열중했어요. 그런데 그건 작가인 나에겐 말할 수 없는 수치였어요. 우리가 마지막으로 말다툼했을 때를 생각해 보면, 그 아인 이미 그때 병이 너무 깊었어요……. 그 아이를 낫게 하기 위해 내가 한 일이 아무것도 없다는 생각을 하면……."

에마는 내 품으로 무너지며 흐느꼈다. 나는 에마의 절망 앞에서 어쩔 줄 몰랐다. 나는 수첩에 급히 썼다.

"이해해요, 에마. 당신을 돕고 싶어요. 그런데 어떻게 도울 수 있을까요?"

에마가 고개를 들어 눈물을 닦고 코를 풀었다.

"당신은 컴족과 가까이 지내게 될 거예요, 알리스. 혹시 런드 얘기를 듣게 될지도 몰라요. 오, 당신이 그 애를 만나 이야기할 수 있다면……."

에마의 아들에게 이야기를 한다고? 이번엔 내가 한숨을 쉬었다. 런드는 아마도 여기서 멀리, 아주 멀리 있을 텐데. 누가 아나? 미국 아니면 새로운 러시아, 컴족의 천국에 있을지!

"그 애에게 쓴 편지예요. 그 애를 보게 되면, 알리스, 내가 과거에 잘못했다고, 후회하고 있다고 전해 줘요. 그 애와 화해하기 위해서라면 아카데미에서 사임할 준비가 돼 있다고, 더는 글도 쓰지 않고……."

에마는 이야기를 멈추고 다시 흐느꼈다. 나는 봉투 앞면엔 '런드', 뒷면엔 '에마'라고만 쓴 편지를 집어서 내 가방에 잘 넣었다.

"제가 할 수 있는 한 최선을 다할게요, 에마. 약속해요."

에마가 일어났다. 냉정을 되찾은 것 같았다.

"고마워요, 알리스. 그러나 내 부탁 때문에 당신의 임무가 방해를 받거나, 지체되는 일이 있어서는 절대로 안 돼요. 갑시다, 이제."

엘리베이터가 우리를 지하로 데려다줬다. 에마가 거리로 나 있는 육중한 철문을 열었다.

"행운을 빌어요, 알리스. 당신이 떠나서 슬퍼요. 이제 겨우 서로 친해졌는데……."

나는 에마를 안았다. 에마는 전혀 우리 엄마와 닮은 구석이 없었다. 하지만 그 순간에는 내가 에마 딸이었으면 좋겠다는 생각이 들었다.

8.
화면 인간을 만나다

날씨가 화창했다. 많은 사람이 태평스럽게 산책을 했다. 사람들은 책이 죽어 가는 줄 모르나?

식사를 하지 않았기 때문에 크루아상을 사러 빵집에 들어갔다. 판매원 여자는 앉아서 《외제니 그랑데[1]》를 읽는 데 푹 빠져 있었다. 나는 그 여자 어깨 너머로 몸을 숙였다. 페이지가 백지였다. 그녀는 멍한 눈길로 페이지 한 장을 넘겼다. 그렇게 그녀는 딴 곳에 있었던 것이다! '인간 희극[2]'의 시간과 공간에 가 있었다. 나는 빵을 고른 뒤 계산대 위에 돈을 올려놨다. 그러고는 가장 가까운 지

---

1 프랑스 작가 발자크의 소설. 1833년 간행. 프랑스 중부 대지주의 외동딸 외제니는 아버지의 탐욕으로 극도로 궁핍한 생활을 하면서도 불만이 없다. 어느 날, 순진무구한 마음에 별안간 생긴 사랑이 자아를 눈뜨게 하고 파란을 불러일으킨다.

2 발자크의 소설 총서. 대혁명 직후부터 1848년 2월 혁명 직전까지 프랑스 사회의 파노라마를 정치, 경제, 사회적 영역뿐만 아니라 내밀한 사적 영역까지 넘나들면서 기록하고자 한 작품이다. 《외제니 그랑데》를 포함해 《고리오 영감》, 《사촌 베트》, 《골짜기의 백합》 등이 널리 알려져 있다.

하철로 휩쓸려 들어갔다.

나는 열차 첫 번째 칸에 타서 어떤 남자애 옆에 앉았다. 그 애는 조제프 케셀[1]의 《사자》를 읽고 있었다. 인쇄된 글자가 사라지지 않고 그대로 있었다. 그러니까 그 책도 그 남자애도 아직 바이러스에 감염되지 않은 것이다. 빵집 여자도 이 남자애도 읽었다. 그러나 같은 방법으로 읽었나? 대도서관 지하에서 경험한 가상 독서는 아주 인상적이었다. 신세계를 가져다준 것 같았다. 하지만 이제 바이러스 때문에 전통적인 읽기를 다시는 하지 못할 거라는 생각에 소름이 끼쳤다. 틀림없이 나는 점차 다르게 상상하고 생각하게 될 것이다. 그랬다. 책의 죽음은 인간 문명과 행동에 급격한 변화를 초래할 것이다. 어떤 변화? 당연히 그것을 알기에는 아직 너무 일렀다.

임무를 수행하는 기간이 길어질 수 있으므로 책이랑 옷을 더 가지러 내 아파트에 가기로 했다. 르픽 거리에 도착하자, 한 공공 도서관 앞에 사람들이 모여 웅성거렸다. 가까이 가 봤다. 건물 유리가 부서지고 길에 책이 많이 떨어져 있었다. 서가는 거의 텅텅 비어 있었다.

나를 본 사서 재키 C.A. 랭보가 급히 달려왔다. 희끗희끗한 재키의 짧은 턱수염이 분노로 떨렸다.

재키가 소리쳤다.

---

1 조제프 케셀(1898~1979). 프랑스의 기자이며 소설가. 《사자》는 1959년 작품으로 케냐의 야생 동물원에서 사자와 친숙하게 지내는 한 소녀의 이야기이다.

"오, 알리스! 이런 일이! 우리 도서관에 도둑이 들었어요!"

지금까지 책은 악당들이 탐내는 대상이 전혀 아니었고, 값이 싼 공공재였다.

"누가 이런 짓을 했을까? 당신은 이해가 갑니까, 알리스?"

그토록 오래전부터 알고 지내는 사이인 재키와는 굳이 말이 필요 없었다! 재키는 내가 이 동네 살면서부터 내게 책에 대해 조언해 주고 나의 독서 취향을 만들고 다듬어 준 사람이다. 내 문학의 아버지는 바로 재키였다.

"쥘 베른 책은 모두 가져갔어요! 그리고 공상 과학 소설 칸은…… 아예 싹 쓸어 갔고!"

재키는 책을 주워 구겨진 책장을 펴고 잘못된 표지를 반듯하게 했다.

"사전이랑 백과사전, 몇몇 자료만 그대로 두고……. 아, 어떻게 이런 불행한 일이!"

땅바닥에 펼쳐진 채 떨어져 있던 책 한 권이 내 눈길을 끌었다. 19세기 문학 개론서였다. 작가에 대한 주석이 있었다. 그런데 발자크, 스탕달[2], 졸라[3]의 소설 발췌문은 직사각형 모양의 하얀 공란이었다.

---

2 스탕달(1783~1842). 프랑스 소설가. 발자크와 더불어 19세기 프랑스 소설의 거장으로 평가된다. 작품이 심리적·정치적 통찰로 유명하며, 《적과 흑》, 《파름의 수도원》 등이 대표작이다.

3 에밀 졸라(1840~1902). 프랑스의 소설가. 《목로주점》, 《제르미날》, 《나나》 등이 포함된 '루공 마카르 총서' 20권으로 자연주의 문학을 확립하였다.

문득 재키가 소리쳤다.

"오, 이 난리 때문에 축하하는 걸 잊었군!"

재키는 내 손을 잡고 열렬히 악수를 하더니 자기 책상에 놓인 유럽 문학 공식지 〈조엘〉의 큰 제목을 가리켰다.

'《책과 우리》 아카데미 위원들의 압도적 다수로 선출'

좀 더 멀리에 있는 다른 일간지에는 이런 기사 제목이 보였다.

'알리스 L.C. 원더 마흔 번째 아카데미 위원이 되다!'

나는 군중들 사이를 비집으며 그곳에서 빠져나와 아파트에 도착했다. 그리고 앞으로 작업할 수 있을지 없을지 알 수 없지만 새 소설 초안을 가방에 넣었다. 어떤 책을 가져갈까? 나는 망설였다. 좋아, 카프카[1], 블레즈 상드라르[2], 브래드버리[3]를 가져가자. 그리고 물론 《사라진 아들》도.

에마가 준 지도를 들여다봤다. 붉게 형광색을 칠한 지역은 에피내의 중심부와 생투앙 일부, 생드니 거의 전 지역에 걸쳐 있었다. 바이러스가 센 강 가에서 나와 주변으로 퍼져 나간 것처럼 보였다.

생드니부터 조사하기로 마음먹고 북역까지 걸어서 갔다.

---

1 카프카(1883~1924). 유대계 독일인 작가. 현대 인간의 실존적 체험을 극한에 이르기까지 표현하여 실존주의 문학의 선구자로 평가받는다. 《변신》, 《심판》 등을 썼다.

2 블레즈 상드라르(1887~1961). 스위스 태생의 프랑스 시인·소설가. 세계 각지를 누빈 모험가로, 독자적인 시체(詩體)를 창조하였다. 《에펠 탑》, 《전 세계》 같은 작품이 있다.

3 브래드버리(1920~2012). 미국의 SF 작가. 세련된 문체와 날카로운 감수성으로 뛰어난 공상 과학 소설 작품을 발표했으며, 시, 영화 대본 등 다양한 작품을 썼다. 주요 저서에 《화성 연대기》, 《화씨 451》 등이 있다.

내가 탄 열차는 텅텅 비어 있었다. 승객은 젊은이들 몇 명이 다였다. 그들은 분명 은밀한 곳에서 봤을 게 뻔한 어제 본 영화 이야기에 열중했다. 그중 한 명은 화면 인간이었다. 난 넋 놓고 화면 인간을 관찰했다. 화면 인간을 이렇게 가까이서 보긴 처음이었다.

화면 인간의 눈은, 이미 알고 있었지만, 다름 아닌 카메라 입체 렌즈, 귀는 초고감도 마이크일 뿐이었다. 인공적인 음성 장치는 뇌 내부에 이식된 성능이 강한 소형 컴퓨터(BCBG최첨단 컴퓨터)(컴족이 사용하는 최신 컴퓨터로 미국의 컴퓨터 천재 빌 게이츠를 기리기 위해 '빌 게이츠 빅 컴퓨터 Big Computer Bill Gates'라는 이름을 붙였다.—지은이)에 연결되어 있었다. 화면 인간의 가슴에는 액정 화면이 박혀 있는데, 임시 비디오 영상 프로그램이 천천히 지나갔다. 화면 인간들은 그들의 세계에서 살았다. 몸속 컴퓨터에 영구적으로 연결돼 있어서 메모리에 주입된 수많은 프로그램과 소프트웨어 중에서 필요한 걸 꺼내기만 하면 됐다. 그들은 외부 세계와는 거의 소통을 하지 않았다.

물론, 이런 자발적 신체 훼손은 위법이었다. 몇 년 전부터 셀린은 화면 인간 처벌을 위한 법률을 제정하기 위해 위원들을 설득하려고 했다. 사실, 화면 인간들이 위험하지는 않았다. 그들은 이미 자기 안에 갇힌 죄수였다.

그들 중 양쪽 귀에 Z 자를 문신한 한 젊은이가 내 얼굴을 줄곧 뚫어져라 바라봤다. 그건 내 탓이기도 했다. 내가 그들 대화를 따라가려고 입 모양을 주의 깊게 살펴봤기 때문이다. 젊은이들의 말이

빨라서 무척 힘든 작전이었다.

나는 고개를 숙였다. 보진 않았지만 귀에 문신한 젊은이가 일어난 것 같았다. 불현듯 살짝 미친 생각에 사로잡혀 내 수첩에 적었다.

'나는 여자 화면 인간이 되고 싶습니다.'

도발이었나? 아마도. 하지만 그것이 컴족 본부로 갈 수 있는 가장 빠른 방법이었다. 그리고 컴족 우두머리에게 가까이 가기에도.

누군가 손으로 내 턱을 들어 올렸다.

'내가 대답을 안 한 건가?'

나는 속으로 이런 생각을 했다.

나와 대면한 젊은이는 만화 주인공이 장식된 폴로셔츠를 입었다. 나는 방금 쓴 글귀를 찢어서 줬다. 찡그리며 그걸 읽은 그 젊은이가 혼잣말을 했다.

"이게 뭔 소리야?"

나는 큰 글씨로 '나는 농아입니다.'라고 쓴 수첩 뒷면을 그에게 보여 줬다.

"장난하는 거야?"

"야, 이리 와 봐!"

그가 물러나 있던 친구 대여섯 명을 소리쳐 불렀다.

경계하는 빛으로 그들이 다가와서 내 주위에 섰다.

"이거 정말이야?

－ 우릴 속이려고 하면 안 되지!

－ 너 이름이 뭐야?

－ 진짜 너 한마디도 못 하냐?

－ 얘들아, 이 여자를 손에게 데려가면 어떨까?

－ 웃기고 있네! 이 여자 너무 예쁘잖아.

－ 맞아. 손은 보지도 못할 텐데.”

화면 인간이 내게 자기 가슴께를 가리켰다. 거기에 이렇게 적혀 있었다.

“여자 화면 인간? 특이해! 분명 네가 최초일 거야.”

“좋아!”

귀에 문신한 젊은이가 말했다.

그 젊은이가 내 손을 잡았다. 그런데 이 애들 말이 사실이라면? 애들이 손을 안다면? 그래, 하지만 나를 화면 인간으로 만들어 버린다면, 내 임무에 아주 비싼 대가를 치르게 될 것이다.

나와 처음 이야기를 했던 아이가 말했다.

“내 생각엔 관두는 게 낫겠어. 네 몸을 잘라 내야 하는 건 유감스러운 일이잖아.”

다른 애가 물었다.

“야, 너 더 할 말 없냐?”

세 번째 아이가 덧붙였다.

“그래도 이야기를 나누고 싶은데…….”

갑자기 그 애들이 모두 화들짝 놀랐다. 그러고는 깔깔거리며 웃었다. 뒤돌아봤더니 그들 중 한 명이 재미있다는 표정으로 부풀렸다가 소리 나게 터뜨려 찌그러진 커다란 종이 백을 들고 있었다.

"진짜야, 애들아. 이 여자는 놀라지 않았어!"

그 애들의 표정이 순간 놀라움과 연민으로 바뀌었다. 냉정을 되찾은 첫 번째 녀석이 손을 뻗어 내 가방을 열었다. 다른 녀석들이 끼어들었다.

"그 여자를 괴롭히다니 말도 안 돼!"

"아, 애들아, 이 아줌마한테 아무 짓도 안 할 거야. 문자족 첩자가 아닌지 확인하는 거라고."

녀석은 내 지갑은 무시하고 옷 더미를 들췄다. 나머지 녀석들은 자기들 친구의 무례함에 거북해하며 나를 보았다.

"에, 너희들 이 아줌마가 뭘 감췄는지 봤냐?"

귀에 문신한 녀석이 책 여러 권을 집더니 얼굴을 찡그리며 멀찌감치 그중 한 권을 들어 올렸다.

"쳇, 책에서 우리를 해방하라!"

갑자기 화면 인간이 깜박거리는 글자를 게시했다.

'당장 흩어져!'

나는 곧 자유로워졌다. 내가 탄 차량 입구에 경찰 여섯 명이 로봇 개를 앞세우고 나타났다. 그사이 녀석들은 흩어져 세 그룹으로 나뉘어 있었다. 경찰들이 와서 녀석들에게 신분증을 요구했다. 언성이 높아지는 것 같았다.

"뭐라고요? 내 표 유효하잖아요. 아니에요?"

"공공 발언 자격증(PPP)을 보여 달라고, 젊은이."

"PPP요? 당신 눈엔 내게 그런 게 있을 것 같아 보여요?"

저쪽에서는 다른 경찰이 컴족 두 명을 대화죄로 고발했다.

"엥? 누구랑요? 저기 저 사람들요? 모르는 사람들이에요."

"거짓말. 같이 있는 걸 우리가 봤어. 저 아가씨와 이야기했잖아. PPP를 보여 주시지."

"이것 봐요, 짭새 아저씨. 아저씨는 친구랑 얘기 안 해요? 그리고, 당신은 PPP 있어요?"

"뭐라고? 법을 어겼는데, 게다가 경찰을 모욕해?"

그 경찰이 원격 조종기 단추를 누르자, 바로 로봇 개가 그 젊은이의 다리를 물었다. 너무 세게 물어서 그 젊은이가 비명을 질렀다.

나도 벌금감이었다. 현장에서 잡혔고 물론 PPP가 없었다. 경찰한 명이 내게 다가왔다. 나는 경찰에게 내 표와 수첩 뒷면을 내밀었다. 경찰은 뭐라고 쓰여 있나 두 번이나 다시 봤다.

기차가 막 생드니 역에 섰다. 경찰 두 명이 녀석들을 포위해서 데리고 내렸다. 나도 내리겠다는 의사 표시를 했다. 내 앞의 경찰관이 내 뜻을 이해했을 때엔 이미 기차가 다시 출발했다.

다른 경찰들이 와서 자기 동료와 합류했다. 나는 일어나고 싶었지만 경찰들은 거칠게 나를 다시 자리에 앉혔다.

그중 한 명이 의심스럽다는 듯 물었다.

"농아라고? 그럼 당신한테 하는 말을 하나도 못 알아듣나?"

나는 입 모양을 읽는다고 손짓으로 설명했다. 어쩔 줄 몰라 나는 표를 내밀며 방금 떠나온 역을 가리켰다.

"상관없어요! 여기가 편안하지 않아요?"

경찰들이 나와 가까운 좌석에 앉아 내게 등을 돌리고 자기들끼리 이야기하기 시작했다. 무슨 말을 하는지 알 수가 없었다. 마침내 그중 한 명이 지나치다 싶게 나를 바라봤다.

"적어도 우리와 있으면 당신은 안전해요. 그렇죠?"

경찰들이 웃기 시작했다. 사실 나는 경찰들과 있는 것이 컴족 젊은이들과 있는 것보다 훨씬 불편했다.

차가 에피네-빌레타뇌즈에 도착했고 다른 승객들이 타는 모습을 보자 안심이 되었다. 나는 내리려고 단호히 일어났다. 마지못해 경찰들이 내 가방을 돌려줬다.

기차는 다시 떠나갔다.

플랫폼에 혼자 남아 생각해 보니 생드니로 되돌아가고 싶지 않았다. 에피네 슈르 센부터 조사해도 좋을 것 같았다…….

9.
컴쪽 나라에 간 앨리스

역 주변 거리는 황량했다.

어떤 건물의 1층을 따라가다 보니 텔레비전 화면의 불빛이 보였다. 더 멀리엔 잠수함만큼이나 세상에서 격리된, 가상 현실 헤드폰을 쓴 어른도 한 명 보였다. 정오경에 사람이 많은 호텔 겸 레스토랑에 들어갔다. 손님들이 모두 서로 아는 사이 같았다. 여기는 내게 익숙하지 않은 관용의 분위기가 지배적이었다. 나는 계산대에서 오래 기다렸다. 마침내 여주인이 나를 맞이하지 않았다는 것을 알아챘다. 주인은 내 수첩을 읽고는 활짝 웃었다.

"방을 드릴까요? 당신이 쓰실 건가요? 근데 혼자신가요?"

나는 그렇다고 했다. 주인은 수상쩍다는 듯 나를 빤히 보더니 마지못한 듯 말했다.

"좋아요. 선불입니다. 보자…… 아, 17호실입니다."

17호실 선반에는, 규정 도서 비치 권 수 100권은 그야말로 규정일 뿐, 책 내용이 반은 없어진 오래된 성경책 한 권만 남아 있을 뿐이었다.

나는 복도로 다시 가서 다른 방문을 조금 열어 봤다. 거기에는 텔레비전이 있었다. 그리고 컴퓨터까지 있었다! 갑자기 누군가의 손이 나를 돌려세웠다. 호텔 여주인이었다. 인상을 쓰며 내게 말했다.

"그건 합법적인 거예요. 게다가 그 물건은 우리 것이 아니라 손님들이 가져온 거라고요."

그리고 내 방을 가리키며 말했다.

"책들은 지난주에 도둑맞았어요. 그리고 미리 말해 두는데, 조사하는 거라면……."

나는 어깨를 들썩여 보여 여주인을 안심시킨 뒤 뭔가 먹고 싶다는 표시를 했다.

식당 안에서는 커다란 식탁을 두 개나 차지한 손님 일행이 유쾌하게 이야기를 나누었다. 귀가 들리지 않는데도 대화의 열기와 행복한 분위기가 내게 전해 왔다. 이 세계는 내가 떠나온 수도와 얼마나 다른지! 차츰 나는 파리가 문자족의 영지, 현실과 동떨어진 부자연스러운 오아시스가 돼 버렸다는 사실을 깨달았다.

나는 많은 2인용 식탁 중 하나에 앉았다. 이 식탁들은 발언 자격증이 없는 손님용 자리였는데, 손님이 아무도 없었다.

곧 나는 방향을 잘못 잡았다는 것을 깨달았다. 이런 곳이나 들락거려서는 바이러스에 관한 정보를 전혀 얻지 못할 것이다. 식사를 끝내자마자 나는 방으로 올라왔다. 치마와 얇은 스웨터를 벗고 낡은 운동복으로 갈아입었다. 머리도 헝클어뜨려 노숙자 분위기가 나게 했다.

일단 호텔 레스토랑을 나와서 처음 만난 행인에게 이렇게 적은 종이를 내밀었다.

"제일 가까운 노숙자 쉼터를 알려 줄 수 있나요?"

"물론이죠. 시청 옆에 있어요. 오, 잠깐만요, 아가씨……."

그 사람은 내게 동전을 한 닢 줬다. 고무적이긴 했지만 심히 모욕을 당한 기분은 어쩔 수 없었다.

에피네 노숙자 쉼터는 센 강에 맞닿아 있는 공원 안에 있었다. 공용실, 샤워실, 조그만 개인 침실 들이 있어서 휴양 시설과 비슷했다. 안내원은 흑인 청년이었다. 청년이 나를 보고 활짝 웃었다.

"안녕하세요! 나는 레미 S.F. 말로입니다. 당신은?"

난 당황했다. 나의 새로운 신분을 기억하지 못했기 때문이다. 나는 레미에게 내 수첩 뒷면을 보여 줬다.

"농아라고요? 그리고 숙소가 없다고요? 적어도 신분증은 있겠지요?"

나는 가방에서 에마가 준 지갑을 찾았다.

"클로딘 C.W. 시도. 잘 왔어요, 클로딘! 식사는 했나요? 그럼 가요, 방을 보여 줄게요. 여기 3일 이상 머물지는 못해요. 규칙이에요. 신분증? 떠날 때에 돌려줄 수 있어요."

나도 그 법을 알았다. 모든 행정 단위마다 노숙자와 부랑자를 위해 식사, 문화, 잠자리를 제공하는 쉼터를 둬야 했다. 이런 곳들은 시설이 보잘것없는 경우가 많지만 실업자나 불우한 사람들이 추위나 배고픔 때문에 죽지 않게 보호해 주는 안전장치였다. 많은 사람이 그렇게 이 보호소에서 저 보호소로 옮겨 다니며 살아갔다. 나는 늘 이런 수용 시설의 설립이 유익한 조치라고 생각했었다.

내 방은 얇은 칸막이로 다른 방과 분리된 좁은 곳이었다. 침대, 옷장, 책상과 의자만 있었다. 나는 가방을 두고 공용실로 다시 내려갔다. 휑했다.

나를 보고 레미가 말했다.

"식사 시간이 돼야 사람들이 차기 시작해요."

나는 유럽 문학 공식지 최근호들만 좀 있을 뿐 텅 빈 서가를 가리켰다.

"책요? 사라졌어요! 도둑맞은 지 사흘 됐어요. 아, 바이러스가 나타나고부터 책들이 엄청 잘 나간다니까요!"

레미가 웃었다. 나는 내 수첩을 꺼내 적었다.

"당신 생각에는 그 바이러스가 어디서 온 것 같아요?"

"그걸 내가 어찌 알겠어요? 컴족 공격이지. 그건 분명해요!"

레미가 묘한 표정으로 나를 바라봤다. 불신이라고는 할 수 없으

80

나 더 곤란한 질문은 사양한다는 듯한.

레미가 불쑥 물었다.

"저기, 클로딘, 바이러스 말인데, 당신 짐 속에 책 없어요?"

뭐라고 대답하지? 시간을 벌기 위해 못 알아들은 척하며 내 수첩을 내밀었다. 레미가 수첩을 받아 자기 펜을 물고 생각하더니 포기했다.

"관둬요! 당신이랑 이야기하는 게 너무 힘들어서……."

나는 공용실을 나왔다. 복도에서 레미의 등을 보았다. 레미는 앉아서 카운터 아래 숨겨 놓은 휴대용 텔레비전의 리모컨을 눌렀다.

나는 낙담한 채 방으로 돌아왔다. 어떻게 하나? 어디서부터 시작하지? 나는 수첩 한 장을 뜯어 거기에 적었다.

'찾아내야 할 것: 누가 LIV 바이러스를 만들었는지, 어디서 개발했는지, 백신은 있는지.'

그리고 쓰고 있는 소설 원고를 꺼냈다. 어쨌든 아무것도 내가 소설 쓰는 것을 방해하지는 못한다! 나는 공책을 펴고 펜을 쥐고 원고를 읽기 시작했다.

잠시 뒤, 나는 문득 고개를 들었다. 원고를 다시 읽음으로써 내 책 속 세상에 들어가 이상한 백일몽을 꾸고 있었기 때문이다.

더 심각한 것은 내 앞 탁자에 있는 내 원고가 백지로 변한 거였다. 이달 초부터 쓴 글이 전부 다 지워져 버렸다! 그렇게 내 원고가 사라졌다. 몇 날 며칠 수고한 것이 물거품이 된 것이다. 단지 방금 내가 다시 읽었기 때문에.

나는 다시 백지가 된 첫 부분에 몰입했다. 곧 바이러스의 작용에 따르는 가벼운 현기증이 느껴지고, 다시 소설 속 세계에 들어갔다.

나는 공포에 사로잡혀 공책을 닫았다. 그랬다. 내 이야기는 여전히…… 존재했다. 잠재적으로. 그리고 그것은 단 한 권뿐이다. 이제 그 책은 다시 쓰고 인쇄할 수 없다. 원본은 읽자마자 사라지니까!

불안한 마음으로 글을 쓰다 멈춘 부분을 다시 펼쳤다. 그리고 다시 쓰기 시작했다.

처음엔 안도했다. 내가 쓰는 대로 낱말들이 적혔다……. 그런데 갑자기 깜짝 놀랐다. 나도 모르는 사이에 다시 내 소설 속 세계에 들어갔다. 얼마나 거기 머물렀을까? 알 수 없었다.

방금 내가 쓴 문단이 이젠 없었다.

그곳, 노숙자 쉼터 작은 방에서 나는 재난의 심각성을 깨달았다. 인쇄된 책들이 사라질 뿐만 아니라, 이제 누구도 책을 쓸 수 없게 되었다.

10.
8시 만남

나는 다시 로비로 갔다. 거기서 약속대로 내일 에마에게 보낼 편지를 썼다. 하지만 쓸 말이 하나도 없었다.

저녁 7시가 넘자 체류자들이 들어오기 시작했다. 여자는 거의 없었다. 무료와 우울로 피폐해진 청년과 노년 사이의 장년층 남자가 많았다.

대부분 내게 와서 자기소개를 하고 다정하게 말을 건넨 다음 끼리끼리 무리를 지어 자리에 가 앉았다. 가슴이 아팠다. 나보다 먼저 노숙자 쉼터에 와서 한 시간이라도 보낸 아카데미 위원이 몇 명이나 있을까? 문제를 이해하려고 지하철을 타고 사람들과 어울려 본 위원이 몇이나 될까?

점점 이 쉼터들이 불가피한 해결책으로 느껴졌다. 그랬다. 문맹자와 실패한 시스템의 낙오자들에게 제공된 자선이었다.

한 말라깽이 젊은이가 카운터에 대고 소리쳤다.

"어이, 레미! 이제 책이 없으니 텔레비전을 봐도 되지 않을까?"

"아뇨. 쉼터에 텔레비전은 없어요."

"허, 참, 그래도 책이 없어졌으면 다시 생각해 봐야 하는 것 아냐?"

다른 사람이 반발하고 나섰다.

책은 이제 없을 것이다. 유통됐던 것 말고는. 그래서 책이 귀해진 거다.

"맞아, 심심풀이로 할 게 없어."

레미가 말했다.

"와서 식사해요. 그럼 따분하지 않을 거예요."

마구잡이로 작은 테이블들을 모아 열 명에서 열두 명씩 무리를 지었다. 레미가 테이블을 늘어놓은 모양을 트집 잡았다.

나는 기계적으로 내 손목시계를 봤다. 8시 15분 전이었다. 몬다예가 곧 접속할 텐데. 나 알리스가 내 유일한 절친과의 약속을 못 지킨다고? 그럴 수는 없었다!

나는 식당에서 나와 현관까지 뛰었다.

나는 카운터에 다가가 몸을 숙였다. 레미의 휴대용 텔레비전 수상기와 전화가 보였다! 갑자기 힘센 손이 나를 움켜잡았다.

"당신 거기서 뭐 하는 거야? 조사하러 온 거야? 그래?"

지금의 레미는 전혀 우호적이지 않았다. 나는 적었다.

"컴퓨터가 필요해요. 그리고 에뮬레이터(어떤 컴퓨터 시스템용으로 작성된 프로그램을 수정하거나 하드웨어를 바꾸지 않고도 다른 컴퓨터 시스템에서 실행할 수 있도록 해 주는 프로그램-옮긴이)도요."

"장난하나? 왜 캐비어랑 캐노피 침대는 말고?"

"레미, 나 지금 꼭 웹에 접속해야 해요."

"당신은 지금 노숙자 쉼터에 있어요, 클로딘!"

"당신이 내가 말한 걸 갖고 있다는 것 다 알아요. 내 친구가 8시에 웹에서 날 기다려요. 제발 부탁이에요, 레미."

레미가 망설이는 것 같아 내가 그의 손을 잡았다. 그는 짐짓 화난 체했다.

"이봐요, 클로딘. 당신이 무슨 말을 하는지 모르겠다고……."

레미는 거짓말을 하고 있다. 이럴 때 사람들의 말을 듣지 못하는 것이 아주 쓸모 있다. 눈빛은 거짓말을 안 한다. 나는 레미가 웹을 알고 있다고 확신했다. 나는 레미에게 기다리라는 시늉을 하고 내 방으로 달려갔다.

책 한 권. 그래. 그런데 어떤 책을 주지? 아니, 카프카의 《변신》은 말고. 브래드버리 책이 낫겠다. 그래, 《화성 연대기[1]》! 내 손에서 떠나보내는 것은 가슴이 미어지지만 그래도 《화씨 451》이 있으

---

1 미국 작가 레이 브래드버리의 공상 과학 소설. 20세기 말 지구인의 화성 이주 이야기. 지구에서 묻어 온 바이러스에 의한 화성인의 멸망, 화성으로 밀려가는 이민 대열, 핵전쟁 등 과학 만능주의와 물질문명에 대한 비판을 담고 있다.

니까.

레미는 식당으로 돌아와 있었다. 나는 가서 레미의 소매를 잡아 끌었다. 방금 전보다 좀 누그러진 것 같았다.

"날 좀 내버려 둬요, 클로딘! 당신은 착하긴 한데…… 들어 봐요. 나는 당신이 누군지도 몰라요. 아, 이런 고집불통 같으니!"

말을 하고 있는 레미를 카운터까지 끌고 가서 카운터 위에 책을 올려놓았다. 그 책은 색 표지가 있는 두꺼운 장정 기념본이었다. 레미의 눈이 빛났다.

"우아. 이거, 아주 좋은 생각이네요! 내일 갖다 줄게요, 꼭."

나는 급히 썼다.

"지금 당장 접속해야 해요."

레미는 곁눈질로 식당 쪽을 흘끗 봤다.

"좋아요. 갑시다!"

레미가 나갔다. 나는 레미를 따라 공원으로 갔다. 레미는 시청을 돌아가더니 녹슨 낡은 문을 잠근 맹꽁이자물쇠를 열었다.

"여긴 자료실이에요. 아무도 오지 않아요. 여기에 내 작은 사무실이 있어요. 당신이 쓰게 해 줄게요. 나올 때, 이 자물쇠로 잠그면 돼요. 알았죠?"

나는 고개를 끄덕였다. 정말 기뻤다.

오래된 지적도들을 정리해 둔 커다란 상자 가운데 텔레비전과 카세트 플레이어와 시디플레이어가 여러 개 있었고, 거의 새것인 최신형 컴퓨터도 있었다.

나는 몹시 흥분해서 자판 앞에 앉았다.

모니터에 친숙한 '대화방 코드'가 뜬 시간은 8시 2분이었다.

나는 우리 방 비밀번호 'F451'을 쳤다. 몬다예는 벌써 들어와 있었다. 나는 사과부터 했다.

알리스: 오늘은 내가 늦었네!

몬다예: 괜찮아. 난 내 친구 방드르디와 대화 중이었어. 편지함에 네게 메시지를 남기려고 했는데. 별일 없었어? 어제는 그렇게 갑자기 나가 버리고!

알리스: 자세히 이야기하려면 밤을 새워도 모자라! 간단히 말하자면 아카데미 위원 세 명이 날 데리러 와서 같이 대도서관으로 갔어. 특별 야간 회의에 참석했는데…….

갑자기 자판 위에서 나는 손가락을 멈췄다. 안 돼. 내 임무를 알릴 수는 없어! 하지만 동시에 비밀을 이야기하고 싶기도 했다. 게다가 몬다예가 도움을 줄 수도 있고……. 나는 과감하게 물었다.

알리스: 너, LIV 바이러스 아니?

잠시 침묵이 흐른 다음.

몬다예: 알아.

알리스: 아카데미 위원들의 가장 큰 걱정거리야. 상황이 심각해, 몬다예. 너는 왜 나한테 바이러스 이야기를 한 번도 하지 않았니?

몬다예: 네가 물어본 적이 없으니까. 책은, 너도 알다시피, 내 분야가

아냐. 그래서 아카데미 위원들이 제정신이 아니던? 어제 너랑 같이 있었으면 큰일 날 뻔했구나!

알리스: 잠깐! 너는 바이러스가 어떤 결과를 초래하는지 모르는 것 같네. 책들이 죽는다고, 몬다예!

몬다예: 그렇지 않아. 책들이 변하는 거야. 그건 다른 거야. 책들이 결국 모두가 다가갈 수 있는 진정한 세계가 되는 거지. 슬퍼할 것 없어.

알리스: 모르겠니, 몬다예? 그럼 나도 죽게 된다는 걸?

화면에 글이 올라오기까지 꽤 시간이 걸렸다.

몬다예: 죽는다고? 무슨 소리야?

알리스: 내가 쓴 것들이 모두 사라져. 쓰자마자 문장들이 연기처럼 사라져 버린다고.

이렇게 덧붙일 뻔했다. 바이러스 LIV3가 나를 두 번 벙어리로 만들어.

몬다예의 답이 늦어졌다. 아주 긴 답인가 보다. 그런데 달랑 이거였다.

몬다예: 미안.

미안? 왜 몬다예는 자기가 사과를 해야 한다고 생각했을까?

알리스: 몬다예, 너는 언제부터 이 바이러스를 알고 있었니?

몬다예: 오늘 저녁에는 그것 말고 다른 이야기는 없니?

알리스: 대답해 줘, 몬다예. 처음 가상 독서를 경험한 게 언제니?

몬다예: 한 번도 해 본 적 없어. 다시 말하지만 알리스, 책은 내 분야가

아냐. 그만하라고.

나는 어리둥절했다. 몬다예가 책을 보지 않는다는 것은 이미 아는 일이었다. 하지만 몬다예가 갑자기 너무 무뚝뚝하고 거리감이 느껴져서······.

알리스: 미안해. 나는 네가 날 도와줄 수 있을 거라고 생각했어. 내가 임무를 하나 맡았는데, 너무 외로워. 어떻게 해야 할지 모르겠어.

몬다예: 무슨 임무?

나는 주저했다. 그러나 몬다예는 틀림없이 나를 위해 정보를 수집해 줄 수 있을 것이다. 몬다예는 웹 친구가 아주 많으니까!

알리스: 바이러스를 개발한 컴족을 찾는 것. 대장인 손을 찾아내는 것.

아주 긴 침묵이 흘렀다. 내 뒤에 그림자가 있는 것 같았다. 뒤돌아보니 때마침 방문이 닫혔다. 이제 전혀 안전하다는 생각이 안 들었다. 모니터를 보니 이런 글이 떠 있었다.

몬다예: 내가 걱정한 대로야. 우리, 이제 대화할 수 없을 거야, 알리스.

기가 막혔다. 최악의 상황이었다. 나는 공포에 사로잡혔다.

알리스: 안 돼! 몬다예, 제발 그러지 마!

몬다예: 너는 다른 문자족과는 달랐어. 그래서 너와 가까워졌지. 아주 많이. 너무. 이제 너는 아카데미 위원이 됐어, 알리스. 헤어질 수밖에 없어.

알리스: 나는 네 적이 아냐! 절대로 그렇게 되지 않을 거야. 다시는 바이러스 이야기 하지 않을게. 컴족 이야기도 입에 올리지 않을게. 책도.

오, 몬다예, 매일 밤 계속 접속해 줘!

알리스: 이제 불가능해졌어.

알리스: 어째서?

몬다예: 네게 설명할 수 없는 이유 때문이야.

알리스: 설명할 수 없다고? 누가 못 하게 하는데?

몬다예: 아니, 그런 사람 없어. 내가 설명하고 싶지 않아. 모든 게 내 잘못이야. 처음부터 내 실수였어. 이제 그만해야겠다. 잘 가, 알리스.

알리스: 몬다예, 가지 마!

몬다예: 널 많이 사랑했어. 너보다 내가 더 슬퍼, 알리스. 네게 키스를 보낸다.

알리스: 몬다예!

모니터에서 몬다예의 이름이 사라졌다.

한참을 컴퓨터 앞에 그냥 있었다. 흐르는 눈물을 주체할 수 없었다. 내게 몬다예가 가장 필요한 순간에 몬다예는 매일 나누던 우리의 대화를 끊겠다고 했다. 일 년이나 남몰래 공범으로서 생각을 나누고 열띤 대화를 나눈 사인데! 어떻게 이런 일이 일어날 수 있지? 그것도 바로 오늘 저녁에?

내가 바보같이, 어설프게 너무 서둘렀다. 몬다예를 잃는다면 내 임무를 완수한들 무슨 소용이 있나?

나는 거기서 나와 자물쇠를 잠그고 해 질 무렵에 노숙자 쉼터로 돌아왔다. 나는 친근하게 인사하는 소규모 그룹들을 보지도 못한 채 로비를 지나갔다.

복도에서 보니 레미가 내 방문을 열려고 했다. 내가 가까이 가자 깜짝 놀라 당황했다.

"아, 클로딘! 당신이 들어와 있는 줄 알았어요. 누가 와서 노크하면 어떻게 알아요?"

나는 수첩에 썼다.

"상관없어요. 아무도 올 사람 없으니까."

레미는 낙담해서 부루퉁해졌다. 나는 방에 들어가 문을 잠갔다. 방을 둘러봤다. 내 책들이 그대로 있었다. 하지만 내가 또 나가면 곧 사라질 것이다. 내 가방에 이중 바닥을 만들기 위해 가방의 안감을 뜯었다. 그 안에 내 책들을 하나만 빼고 다 집어넣었다. 오늘 저녁에 읽을 책이었다. 아니, 다시 읽을 책, 《사라진 아들》. 몬다예와의 언쟁을 잊을 수 있는 가장 좋은 방법이었다.

마침 독서 시간인 9시였다.

나는 누워서 책장을 넘겼다. 런드가 떠나는 장을 골랐다. 얼마 안 있어 나도 모르게 바이러스가 나를 이야기 속으로 데려갔다.

나는 거실에 있었다. 거기서도 언쟁을 했다.

"그럼 나가, 런드!"

나는 바로 에마를 알아봤다. 에마는 아주 젊어 보였다. 화가 나서 얼굴이 일그러졌다. 헝클어진 머리를 아무렇게나 쓸어 올리며 한마디 덧붙였다.

"네 친구 컴족한테 가 버려! 걔들이 너를 낫게 할 수 있을 것 같으니? 착각이야!"

런드가 물었다.

"엄마는 왜 날 치료받게 하지 않았나요?"

내 가슴이 두근거리기 시작했다. 런드가 거기 있었다. 늘 내가 상상하던 모습 그대로. 거의 투명할 정도로 옅은 하늘색 눈의 런드가. 소설 주인공과 사랑에 빠지는 것은 우습다고 생각할 수 있다. 그러나 갑자기 자기 앞에 그 주인공이 있어서 만질 수 있고 대화를 나눌 수 있다면……. 진짜라기엔 너무나 아름다웠!

런드가 중얼거렸다.

"엄마가 바라는 아들이 되지 못해서 죄송해요."

나는 런드에게 다가가서 조그맣게 말했다.

"런드! 내가 도와줄게요."

런드는 무심하고 먼 시선으로 나를 봤다.

"아무도 날 돕지 못해요. 특히 우리 엄마의 친구 문자족은!"

말에 경멸이 가득 실려 있었다. 런드가 문을 쾅 닫고 나갔다.

나는 다시 책을 덮었다. 방이 감옥처럼 느껴졌다.

나는 호흡이 가빠져서 헐떡거렸다. 여러 가지 의문이 머리를 어지럽혔다. 내가 집을 나가는 런드를 따라갔으면 어떻게 됐을까? 내가 그를 설득할 수 있었을까? 책의 다음 내용이 바뀌었을까?

나는 책을 더 읽지 못하고 포기했다. 공상의 세계로 달려갔다.

내가 어떻게 했을까? 런드와 헤어지지 않았을까? 그와 함께 살았을까? 어떤 세상에서? 덧없는 인공의 가상 세계에서!

그런데 말이 안 된다. 다시 읽을 때마다 런드라는 인물은 나를 새롭게 만나게 될 것이다. 분명, 내가 이 소설의 줄거리를 바꿀 수 있지만 일단 책을 닫으면 전부 제자리로 돌아갈 것이다. 그리고 전부 다시 시작해야 할 것이다.

런드는 '사라진 아들'이었다. 나는 런드를 재등장시키거나 돌아오게 하지 않을 것이다. 그런데 그렇게 온전한 소설 속 인물들에 어떻게 손을 대지? 나는 외톨이에 놓아인 나의 서글픈 현실로 돌아왔다.

격리된.

이 바이러스는 마약보다 더 나빴다.

나는 책을 바닥에 던지고 혼수상태 같은 깊은 잠에 빠져들었다.

11.
컴족의 포로가 되다!

누가 침대에서 나를 끌어냈다. 일 초 만에 내 방 문이 부서진 걸 알았다. 컴족 네댓 명이 내 방에 있었다. 열차에서 내게 다가왔던 녀석들이라는 것을 금방 알아볼 수 있었다. 귀에 문신한 젊은이와 화면 인간과 그 친구였다.

문턱께에 레미가 누군지 모를 사람 둘에게 꽉 잡힌 채 몸부림치고 있었다.

"너희들이 무슨 권리로 이러는 거야! 클로딘, 어서 가요. 도망쳐 요!"

누군가 침대 시트를 잡아당겼다. 나는 바닥으로 굴렀다. 억센 두 손이 나를 일으켰다. 내 눈앞에 내 수첩의 한 면을 들이댔다. 어젯밤 탁자에 둔 수첩의 펼쳐진 면에는 이렇게 적혀 있었다.

'찾아내야 할 것: 누가 LIV 바이러스를 만들었는지, 어디서 개발

했는지, 백신은 있는지.'

"이런, 마침 잘됐군!"

"그래. 네 질문에 모두 답해 줄게."

"아, 우리가 아니라 널 만나고 싶어서 좀이 쑤시는 사람이 해 줄 거야."

"아무튼 이것도 말하는 방법이라니……."

놈들이 깔깔거리며 웃음을 터뜨렸다.

"이해해 주겠지? 여행하려면 짐 싸는 건 기본이지."

놈들이 나를 시트에 굴리더니 하찮은 보따리처럼 묶었다. 나를 덥석 들어 건장한 어깨에 둘러멨다. 숨이 막혔다. 얼굴을 덮은 천을 통해 희미한 빛만 느껴질 뿐이었다.

두려움이 사라졌다. 결국 내가 원하던 것을 얻었다.

조금 있으니까 햇빛이 시트 아래로 비쳐 들어왔다. 밖으로 나왔다는 것을 알 수 있었다.

나를 차에 앉혔다. 느껴지는 차의 떨림과 흔들림으로 보아 낡은 자동차였다. 나는 기계적으로 가는 데 걸리는 시간을 계산해 보려고 했다. 그러나 곧 오른쪽으로 자주 몸이 쏠린다는 사실에 놀랐다. 그것은 차가 왼쪽 방향으로 돈다는 얘기였다. 그때부터 나는 커브의 횟수를 세려고 했다. 규칙적으로 커브를 돌았다. 다섯 번 왼쪽으로 돌았는데 마지막은 아주 급한 커브였고 그다음엔 오른쪽으로 돌았다. 차는 예닐곱 차례 그렇게 쇼를 했다. 그랬다. 진짜 쇼였다. 우리는 제자리를 뱅뱅 돌고 있었던 것이다!

그다음 나는 앞으로 튕겨 나갈 뻔했다. 차가 가파른 비탈을 내려가 돌고, 돌고, 끊임없이 돌았기 때문이었다. 마침내 차가 섰다. 분명 우리는 시청이 있는 구역을 벗어나지 않았다. 짐작건대 지하 주차장인 것 같았다. 나는 다시 누군가의 어깨에 올려져 백여 미터를 흔들리며 갔다. 맨발인 발뒤꿈치에 거칠거칠한 바닥이 스쳤다. 돌이나 시멘트 바닥인 듯했다. 그러고는 발가락이 잠깐 차가운 벽에 부딪쳤는데, 금속이 분명했다. 마침내 회전의자에 나를 내려놓았다. 내 머리를 덮었던 시트가 찢어지고…….

나는 봤다.

커다란 홀이었는데 천장이 낮고 네온 불빛이 비쳤다. 여기저기 어깨 높이의 무광택 유리 칸막이가 공간을 수십 개로 나누었고, 그 수만큼 책상이 있었다. 칸마다 두서너 명씩 일을 했다.

당연히 컴족이었고, 최고의 컴퓨터 기술자들이 모여 있을 터였다. 각자 최신 컴퓨터나 텔레비전 화면을 보았다. 열심히 즐겁게 일하는 분위기가 느껴졌다. 고개를 돌려 보니 사무실의 일부분이 실험실로 꾸며져 있는 게 보였다. 실험실에는 현미경에 한쪽 눈을 대고 있는 사람, 알 수 없는 분석에 몰두한 사람, 저 멀리서 가상현실 헤드폰을 쓴 사람, 한층 더 몰두한 채 뭔가를 읽는 사람 들이 있었다.

내 옆의 두 남자는 나를 납치할 때 레미가 끼어들지 못하게 막았던 자들이었다. 기차에서 만났던 젊은이들은 안 보였다.

갑자기 내 머리에 고무로 된 모자를 씌웠는데 거기서 나온 수많은 선이 한 컴퓨터에 연결되어 있었다. 내가 앉은 의자가 돌더니 처음 보는 사람과 마주했다. 사실 마주했다는 말은 맞지 않았다. 그는 내게 등을 보인 채였다.

그는 금발에 상하가 연결된 검은색 작업복을 입었다. 작업복에는 핏빛으로 태양이 수놓아져 있었다. 그 사람 옆에는 어마어마하게 키가 큰 화면 인간이 서 있었다.

그랬다. 천진하게 웃는 얼굴의 아시아 인으로 보이는 대머리 거인이 한 손으로는 앉아 있는 젊은 남자를 가리키고 다른 손으로는 자기 가슴에 있는 화면을 가리켰다. 화면에는 이렇게 쓰여 있었다.

'컴족 구역에 오신 걸 환영합니다. 내가 손입니다. 당신이 만나고 싶은 사람이 나 맞습니까?'

12.
손의 은신처에서

"타불이 중개 역할을 할 겁니다. 타불은 당신이 마주 보는 화면 인간입니다, 시도 양."

그렇게 나는 컴족 지역 우두머리와 대면했다! 그는 여전히 등을 돌린 채 도전적인 자세로 에마가 내게 준 지갑을 위로 들어 올렸다.

타불에 이렇게 적힌 게 보였다.

"당신이 바로 클로딘 C.W. 시도입니다. 그렇죠?"

"클로딘이 몸부림을 칩니다, 손."

곧 타불의 화면에 적혔다.

"당신을 곧 풀어 줄 겁니다. 하지만 도망치려고 해 봤자 소용없다는 것을 알아 두기 바랍니다. 컴족만이 여기서 나가는 길을 아니까요."

내 뒤에서 나를 잡고 있던 두 명이 나를 풀어 줬다. 나는 욱신거리는 팔다리를 주무른 뒤 가까이 있던 내 가방을 움켜잡았다. 잠옷 위에 웃옷을 걸쳤다. 선선한 걸 보니 지하인 이곳이 냉방이 되는 게 분명했다.

"내게 원하는 것이 뭡니까, 시도 양?"

나는 내 대화 수첩을 꺼내서 적었다.

"당신이 나를 마주 보고 이야기하면 나는 당신 입 모양을 읽을 수 있어요. 그리고 당신은 내 대답을 이 수첩에서 읽으면 돼요."

타불이 내가 쓴 것을 큰 소리로 읽었다. 그러고는 웃음을 터뜨리더니 종이를 구겨서 농구 선수처럼 능숙하게 가까이에 있는 휴지통에 던졌다.

"원고나 종이는 구식 수단입니다. 우린 보다 편하고 빠르게 대화할 수 있어요. 우리 두 사람 대화존 두 개를 삽입할까, 타불?"

손: 고맙네. 그래요, 시도 양. 음성 통합 인식 소프트웨어 탕고라 덕에 내가 말하면 바로 타불 가슴에 다 떠요. 이 방법이 새로운 게 아니란 건 알고 있지만…… 그래도 당신이 속으로 내게 하고 싶은 말을 정확히 하면 그것 역시 뜰 거요.

시도: 그게 정말 가능하다니!

놀랍게도 내가 속으로 한 말이 글자로 화면에 나타났다. 그리고 뒤돌아 있는 손을 위해서는 같은 장치가 그렇게 적힌 문장을 소리로 바꾸었다.

시도: 마술이에요!

손: 아니, 이건 과학입니다. 보다 정확히 말하자면 생명 공학이죠. 이 낡은 방법은 20세기 말부터 개발되기 시작했습니다. 물론 문자족은 이 기술의 중요성과 적용을 간과했죠.

나는 아무 말도 하지 않으려고 노력했다. 즉 아무 생각도 하지 않으려고 노력했다는 말이다. 조금만 빗나가거나 부주의하면 손에게 내 진짜 신분이 드러날 문장들이 바로 화면에 뜰 테니까!

손: 이 질문들에 대한 답을 알고 싶다, 그건가요?

손이 내 수첩을 찢은 종이를 흔들었다. 경솔하게 내 방 탁자 위에 뒀던 바로 그 쪽지였다.

손: 꽤나 말이 없군요. 당신의 궁금증은 곧 풀릴 겁니다. 누가 LIV 바이러스를 만들어 냈나 알고 싶소? 바로 납니다, 아가씨. 아니, 우리죠. 왜냐하면 이 바이러스는 오랜 연구의 결과니까요. 어디서 개발됐나? 바로 여기입니다. 백신이 있는가? 없소. 그리고 우리 최고 기술자도 만들지 못할까 봐 걱정입니다.

시도: 걱정이라고요?

손: 사실 걱정하지 않소. 당연히 기뻐하고 있소!

나는 검은 작업복 등에 수놓인 태양을 넋 놓고 바라봤다.

시도: 이 사람은 왜 한사코 자기 얼굴을 감추는 걸까?

손: 속으로 말할 때 나한테 직접 말해요.

또 실수하지 않으려고 나는 강하게 말했다.

시도: 이 바이러스를 왜 개발했나요?

손: 당신의 말을 맞받아 나는 당신에게 훨씬 더 불쾌하기 짝이 없는 다른 질문을 할 수 있소. 왜 문자족은 컴족을 그렇게 무시하나요? 왜 그들은 화면 사용을 못 하게 했죠? 왜 한사코 문화는 글을 통해서만 통용된다고 믿죠? 왜 "이성을 행동 지침으로 선택한 사람은 자신의 판단을 강화하기 위해 과학을 존중할 것이다."라고 명시된 자신들의 헌법을 배반합니까?

나는 대화를 그만하기로 마음먹었다. 그러나 화면에는 이렇게 떴다.

시도: 나도 동감이에요. 하지만 일이 그렇게 간단하지가 않아요. 그런데 내 책에는…….

나는 당황해서 흘러가는 내 생각을 멈췄다.

손: 이건 전쟁이에요, 아가씨. 당신들 무기는 책이죠. 우리 무기는 책을 대체할 기술, 바로 가상 공간 기술이죠.

시도: 그 무엇도 절대 책을 대신할 수는 없어요!

나도 모르게 외쳤다.

손: 시도에게 보여 줘, 타불.

그 거인은 꼼짝도 하지 않았다. 하지만 거인의 액정 화면이 갑자기 입체적으로 바뀌더니 우주에서 본 지구 모습이 나타났다. 그러고는 마치 관객이 운석을 조종하며 날아가는 것처럼 바다와 대륙이 현기증 날 정도로 빠르게 다가왔다. 갑자기 내가 산맥과 숲, 골짜기 위를 날아가자, 도시가 나타났다. 카메라가 거리에 잠입했다. 실재와 다름없는 이 가상 영상 위에 이런 설명이 올라왔다.

손: 이것은 단순한 지리학 시디롬입니다. 이것만 있으면 지구 어느 곳이든 찾을 수 있고 가 볼 수 있어요. 자, 당신이 사는 곳이 어디죠? 파리인가요?

시도: 네, 르픽 가에 살아요.

함정에 빠졌다. 교묘하다! 내 생각을 철저히 단속했어야 했는데. 화면에 우리 동네 거리가 나왔다. 우리 집이 있는 건물. 내가 다니던 동네 도서관.

손: 말해 봐요. 어떤 작품이 이런 여행을 할 수 있게 하죠? 우리는 사람 몸속에 들어갈 수도 있고, 원자 중심까지 갈 수도 있으며, 우리 은하계를 탐험할 수도 있어요. 게임이나 소설의 경우 우리 시나리오 작가들을 보세요.

손이 기계 가까이에서 열심히 일하는 컴족을 가리켰다.

손: 그들은 여기서 원작을 만들어요. 당연히 무대도, 소품도, 배우도 없이 말이죠! 시디 리더기와 전자 음향 합성 장치, 스캐너로 소리와 영상을 녹화하고 동시 녹음합니다. 그들은 자신들의 창작물을 책을 혐오하는 모든 사람에게 널리 퍼뜨리죠.

시도: 어떤 영상도 텍스트의 풍요로움과 경쟁이 안 돼요! 순진하게 그것을 믿으려면 처음 보는 책을 자기 손에 드는 기쁨을 한 번도 경험해 보지 않아야 가능해요. 책장을 넘기는 황홀함, 책을 읽기도 전에 벌써

맛보게 되는 모든 가능성…….

나는 나 자신의 신념에 도취됐다.

시도 : 독자 역시 창조자죠. 작가가 상상한 것을 재창조하고 다시 자기 것으로 만들기 때문이죠! 그렇게 글은 마주 보는 두 거울과 비슷해요. 작품을 보는 시각은 무한해요.

손 : 당신이 한 말, 다 알고 있어요.

시도 : 못 믿겠어요! 컴족은 문학에 가깝거나 멀거나 그 비슷한 것은 모두 거부하잖아요!

손 : 아, 만약 문자족이 자기들 이야기에 새로운 기술을 통합한다면, 그러면 컴족이 문자족 책 이야기에 관심을 가질 겁니다. 그러나 그들이 쓴 글은 종종 자신들의 시시한 자아나 그 잘난 회상에만 관심을 쏟을 뿐이죠.

그건 일부 사실이었다. 한편 나도 《책과 우리》에서 그런 점을 고발했다.

시도 : 그것이 책을 파괴한 이유 중 하나였나요? 책은 나를 배반하지 않았어요. 책은 내 꿈의 창고, 내 행복의 양식이죠. 이 모든 것을 그 바이러스가 없애 버렸다고요!

손 : 문자족의 기쁨 말이군요, 아가씨! 사치스러운 양식! 당신은 내가 책과 싸운다고 생각하나요? 그 반대예요. 나는 더 많은 사람이 책에 가까워질 수 있게 되기를 바랍니다!

시도 : 하지만 그것은 더 이상 책이 아니에요, 손!

손을 설득한다고? 그래 봤자 무슨 소용인가? 어떤 백신도 없다는데!

시도: 어떻게 바이러스를 만들었죠?

손: 대식 세포(면역을 담당하는 백혈구의 하나. 둥글고 큰 한 개의 핵을 지닌 세포로 침입한 병원균이나 손상된 세포를 포식하여 면역 기능 유지에 중요한 역할을 한다. -지은이) 바이러스를 개발했어요. 이 바이러스는 텍스트가 이미지를 떠올리게 할 때 뇌에서 수행하는 특별한 합성을 분석하죠. 책을 읽는 바로 그 순간, 바이러스가 신경 회로망으로 퍼져 나가 시각을 관장하는 영역뿐만 아니라 소리, 맛, 촉각 등을 관장하는 기억의 모든 영역을 자극합니다. 그래서 바이러스가 가상 세계를 만들어 독자를 최면 상태에 가까운 깨어 있는 역설 수면 상태에 빠지게 하죠.

나는 이해할 수 없는 전문 용어들이었다!

문득 아주 가까운 안전유리 칸막이 뒤로 책이 보였다! 그랬다. 책이었다. 컴컴 지역에! 그런데 여기에 있는 책들이 대도서관의 책들보다 먼지와 빛으로부터 보호가 더 잘되어 있었다. 그중에 두꺼운 책이 낯익었다. 그 유명한 레오나르도 다빈치의 〈코덱스 해머[1]〉였다! 오래전에 사라진 텍스트로, 대도서관이 천금을 주고라도 샀을 책이다.

시도: 잠깐만요, 저것이 원본은 아니죠?

---

1 레오나르도 다빈치가 작성한 수기 노트. 무기, 식물, 수학, 해부학, 기하학 자료 등 다빈치가 구상하고 연구한 다양한 스케치와 연구 내용이 담겨 있다.

손: 원본 맞습니다. 72쪽으로 된 책으로 1508년 레오나르도 다빈치가 직접 반대 방향으로 쓴 겁니다.

시도: 반대 방향으로…….

손: 그래요. 더 정확히 말하자면 거울에 비춰 읽을 수 있어요. 〈코덱스 해머〉에는 다양한 수력과 달의 현상을 묘사한 360가지 그림과 크로키가 들어 있지요. 전 소유자는 미국인 컴퓨터 천재 빌 게이츠였어요. 그가 1994년에 1억 6천만 프랑을 주고 샀어요. 지금은 내가 소유자예요. 우리는 박물관도 갖고 있죠. 이 칸막이 뒤에 있는 것은 모두 절대로 감염돼지 않을 겁니다.

나는 일어나 손에게 다가갔다. 손은 여전히 고집스럽게 등을 돌리고 앉아 그 괴상한 붉은 태양을 내게 보였다.

손은 여느 컴족이 아니었다.

시도: 그럼 당신은 누군가요?

나는 손에게 손을 내밀었다. 화면 인간이 나를 막아섰다.

손: 내버려 둬, 타불. 결국 그 여자가 알게 될 테니까.

그러더니 컴족 우두머리는 자기 의자를 돌려 내 쪽으로 몸을 향했다. 나는 그 사람을 바로 알아봤다.

에마의 아들, 런드였다. 런드의 투명한 푸른 눈이 나를 보지 못하면서 나를 뚫어지게 바라봤다.

13.
컴족 우두머리

런드가 늙었다. 아니 성숙했다. 고집스러워 보이는 턱을 가진 이 젊은이는 분명 내가 어젯밤에도 읽은 이야기의 인물과 닮았다. 그러나 공허하고 우수에 젖은 눈빛의 얼굴에는 어린이같이 순진해 보이는 구석이 있었다. 에마의 아들은 에마가 쓴 소설의 주인공과 닮았지만, 동시에 더 신비하고 더 키가 크다는 점이 달랐다. 런드의 검은 작업복 가슴 위에 큼직한 초승달 장식이 있었다. 런드의 꿈꾸는 듯 몽롱한 표정은 나를 송두리째 흔들어 놓았다. 내가 그토록 오랫동안 꿈꿔 왔던 주인공을 이렇게 마주 보고 있다니!

앨리스: 런드…… 바로 당신이 컴족 우두머리였군요!

런드: 당신이 나를 알아볼 줄 알았어요.

이젠 런드의 입술을 읽을 수 있어서 화면에 뜨는 내용이 동시에 확인이 됐다. 화면에는 내 본명이 떠 있었다.

알리스: 알고 있었나요?

런드: 네, 인간은 각자 할 수 있는 만큼 감추죠, 알리스.

런드가 내 지갑을 열려 있는 내 가방 속에 넣었다.

런드: 당신 이름은 클로딘 C.W. 시도가 아닙니다. 당신은 어제 유럽 지식인 연합 아카데미 위원으로 뽑힌 알리스 L.C. 원더입니다.

알리스: 어떻게 그렇게 확신할 수가 있죠?

런드가 자기 책상 위에 있던 유럽 문자족 공식지를 집었다.

런드: 눈이 멀었다고 소식까지 모르진 않아요. 타불이 내 눈, 내 그림자가 되었죠. 읽고 보는 내 분신입니다. 물론 당신은 타불이 내게 하는 말을 듣지 못하죠. 그 점만큼은 거짓말하지 않았어요. 당신은 정말 농아니까요.

알리스: 그걸 어떻게 아나요?

런드: 어제저녁 우리 본부에 어떤 화면 인간이 메시지를 보냈어요. 친구들과 같이 기차 안에서 젊은 아가씨를 만났는데…… 화면 여자가 되고 싶어 한다고 말이에요! 이상하고 웃기는 얘기죠. 이 까다로운 변형을 원하는 사람들을 이리로 오게 하기 전에 우리는 그 사람에 대해 조사를 합니다. 그런데 화면 인간이 이미 당신에 관한 정보를 몇 가지 가지고 있었습니다. 영상들이었죠. 화면 인간은 곧장 그 영상들을 우리에게 전달했습니다. 그것이 바로 사이버 공간입니다, 알리스.

타불 가슴에 어제 기차 안에서 내가 모르는 사이 화면 인간이 카메라 눈으로 찍은 내 모습이 펼쳐졌다!

런드: 보세요. 여기 당신이 수첩에 적어요. 가까이 오는 컴족에게 그걸 내밀죠. 알리스에게 큰 화면으로 보여 주겠나, 타불?

런드는 내게 '보세요'라고 했다. 하지만 본인은 아무것도 보지 못한다. 나는 화면에서 내 수첩 뒷면에 '나는 농아입니다.'라고 쓰인 걸 봤다.

런드: 문자족은 아주 간단한 수술만으로도 들을 수 있게 된다는 사실을 모르죠.

알리스: 수술? 어떤 수술 말인가요?

런드: 음파를 전류로 바꾸는 보청기를 설치하는 것이죠. 두피 아래 소형 컴퓨터를 넣어요. 그다음 귀 속에 심은 백금 전도체 열다섯 개와 그 소형 컴퓨터를 연결해요. 보청 장치가 설치되면 신호음을 청각 신경 섬유에 보내죠. 그러면 듣게 됩니다.

그렇게 듣는 게 가능했다니! 이런 가능성에 나는 기뻐해야 마땅했다. 그러나 아마도 화면에 뜰 것을 염두에 두고 나는 도발적으로 속으로 생각했다.

알리스: 하지만 내가 정말로 듣고 싶어 하는지 확신이 없다면?

런드가 어깨를 으쓱하고는 자기 친구 가슴에 있는 화면을 가리켰다.

런드: 보세요. 이제 컴족이 당신을 괴롭히네요. 그렇죠? 컴족을 미워할 것 없어요. 그들을 음지로 몰아 버린 사람들이 바로 사회를 제대로 읽지 못하는 사람들이니까요. 아, 이게 그들 중 한 명이 당신 가방을 여

는 순간인가 보죠? 타불, 다시 한 번 큰 그림으로 보여 줘. 그리고 정지 화면으로 해 주게.

카메라가 내 가방 안으로 들어가 흩어져 있는 책들 표지에 고정됐다.

런드: 카프카, 블레즈 상드라르…… 이상하군요. 장래 화면 여자가 이렇게 근엄한 책들을 갖고 다니다니! 그런데 특히, 우리…… 에마 G.F. 크루아세의 《사라진 아들》도 있군요. 이건 새 책도 아니군요. 상태가 처참하기조차 해요, 타불이 제대로 보여 주는 거라면.

이제 장면은 각 이미지별로 분해되었다.

런드: 당신이 이리로 왔을 때 나를 금방 알아볼 줄 알았어요.

알리스: 알고 있었군요?

런드: 물론이죠! 봐요, 저기 접힌 백지 페이지 보이죠? 그러니까 알리스 당신은 《사라진 아들》을 읽었어요. 그리고 바이러스에 감염됐으니까 당신은 날 봤고요! 당신 가방 안에 이 편지도 있었죠.

에마가 손으로 '런드'라고 써서 내게 맡긴 봉투였다.

런드: 누가 우리 어머니가 쓴 편지를 가지고 있을 수 있을까요? 아카데미 위원! 그런데 아카데미 위원 얼굴은 전부 알려졌죠. 당신 한 명 빼고. 많이 추측한 결과란 것을 고백하죠. 그리고 내가 당신을 보고 싶어 하는 많은 이유가 있다는 것도요, 알리스.

날 본다고? 나는 너무 분명하게 자문했다.

알리스: 런드의 눈에 내가 뭐랑 비슷해 보일까?

런드 : 당신은 금발에 중간 키고 예뻐요. 적어도 사람들이 말한 바로는 그래요. 보통 나는 상대방 목소리로 그 사람 모습을 속으로 그리죠. 그러나 당신은 내가 알 방법이 한 가지뿐이라…….

런드가 손을 내밀었다. 나는 뒤로 물러났다.

런드가 내 움직임을 들었거나 짐작했던 것 같다. 런드의 슬픔이 불현듯 내 마음을 흔들고 두렵게 했다. 런드의 입술이 말하는 대로 화면에 글이 올라왔다.

런드 : 안심해요, 알리스. 당신을 만지지 않을 겁니다. 보다시피 나는 이제 문자족이 아니에요. 하지만 나는 컴족 세계에서도 배제됐죠. 이제 이미지들은 모두…….

런드가 자기 이마를 쳤다.

런드 : 이미지들이 여기 있어요. 그리고 여기에도 약간 있죠. 가끔…….

런드가 가슴에 있는 초승달 한가운데를 쳤다. 심장이 있는 자리였다.

런드 : 나는 보지 못하는 컴족이고 변절한 문자족입니다. 나를 사랑했어야 할 첫 번째 여자가, 알리스, 당신도 알다시피 나를 거부했어요. 그리고 그 여자가 내게 보낸 심부름꾼은 내게 말하지도 못하고 내 말을 듣지도 못해요!

나는 그토록 오랫동안 마음속에 품어 온 것을 런드에게 말하고 싶었다. 하지만 그건 부질없고, 경솔한 짓이었다. 말의 의미가 제대로 해석되지 않을 것이다. 그리고 런드는 내가 시들어 버린 가짜 이미지인 책 속의 인물을 사랑한 것이라고 반박했을 것이다.

화면의 내 이름 옆에 더 이상 아무 글도 뜨지 않았다. 그리고 화면 인간도 조용했다.

런드가 불안해하며 일어났다.

런드: 내게 당신 존재에 관한 아무런 증거도 없다는 것을 아나요, 알리스? 어쩌면 타불이 내게 거짓말을 하는 건가요? 당신이 거기 있다는 것을 누가 증명하죠?

떨리는 가슴으로 나는 가방을 뒤졌다. 에마의 편지를 찾았다.

알리스: 이거요.

나는 런드에게 다가가 런드의 손을 잡았다. 런드의 손은 포근하고 단단했다. 런드가 화들짝 놀랐다. 런드는 매우 놀라고 감동한 표정이었다. 런드의 입술이 말했다.

"알리스?"

런드의 손이 내 손을 잡고 있으려고 했다. 하지만 자기 엄마 편지를 움켜쥐었다. 오랫동안 봉투를 만지더니 마침내 열었다.

"읽게, 타불."

화면 인간은 문장을 게시하지 않았다. 타불이 소리 내서 읽었다.

"런드, 내 아들, 내 사랑하는 아들……."

나는 고개를 돌렸다. 이 편지는 나와 상관이 없었다.

잠시 뒤, 런드의 손이 내 얼굴을 잡았다. 그의 눈이 젖은 것 같았는데 턱은 메마른 상태였다.

"너무 늦었어요, 알리스. 이제 화해는 불가능해요."

알리스: 어째서죠? 왜? 어제 당신 어머니와 헤어졌는데, 에마는……
당신이 돌아올 수 있다면 무슨 짓이라도 할 거예요. 에마가 진심이라
는 것 내가 맹세해요!

"엄마는 아카데미 위원들의 선출된 책임자예요."

알리스: 사임할 거예요!

"네. 엄마가 단언한 바죠. 하지만 당신 아들이 컴족 우두머리가
됐고, LIV 바이러스를 개발해 퍼뜨린 장본인이란 사실을 엄마는
몰라요. 이 사실을 알게 되면 엄마 반응이 어떨 것 같아요?"

나는 그 말에 타격을 받았다. 그렇게 나는 내 두 가지 임무 완수
에 실패했다. 백신도 화해도 없을 것이다.

나는 곰곰이 생각한 끝에 끈질기게 매달렸다.

알리스: 그렇지 않아요! 에마는 이해할 거예요. 아들이 돌아오길 얼마
나 학수고대하는데요!

런드가 확신에 찬 내 말에 흔들리는 것 같았다.

"그러면 아직 준비가 안 된 건 바로 나인가 봅니다, 알리스."

런드가 내 가방에서 《사라진 아들》을 꺼내더니 무기처럼 휘두르
며 말했다.

"소설에서 엄마는 가장 좋은 역할을 맡았어요, 알리스! 사실을
왜곡한 거죠. 떠난 사람은 내가 아니에요. 내가 시력을 잃었을 때
떠난 건 바로 엄마였어요. 책을 한 권 더 써야 해요. 내 버전으로!"

알리스: 쓰세요!

런드는 내가 자기에게 욕이라도 한 듯 펄쩍 뛰었다.

"절대 그럴 수 없어요. 진실을 바로잡아야 할 사람은 엄마예요."

이렇게 덧붙이는 런드의 시선은 더 멀어 보였다.

14.
런드의 속내 이야기

나는 타불이 데려다준 창 없는 방에서 옷을 갈아입었다. 사방이 콘크리트 벽이고 육중한 철문이 두 개 있는 방이었다. 여기가 장차 내 감옥인가?

타불이 다시 왔다. 타불은 내 가방을 들고 나를 다시 런드에게 데려갔다. 그러고는 쟁반에 3인분의 식사를 가져왔다. 그들은 화면에서 눈을 떼지 않고 조금씩 먹었다. 낡은 주차장을 개조한 곳에서 컴족이 식사하는 방법이었다.

런드가 내게 에마의 책을 돌려줬다.

"엄마는 나를 비디오 게임과 가상 세계에 빠진 시시한 학생으로 그려 놨어요. 내가 독서가였다는 사실을 잊고 밝히지 않았죠……."

런드의 공허한 눈에 회상의 빛이 어렸다.

"그래요, 알리스. 어릴 때 나는 이야기를 아주 좋아했어요. 엄마는 매일 저녁 내게 이야기를 한 가지씩 들려줬어요. 읽을 수 있게 되자마자 엄마는 나 혼자 읽게 했죠. 나는 책에서 멀어지고 아버지가 하는 활동에 관심을 갖게 됐어요."

나는 기억을 모아 봤다.

알리스: 잠깐…… 당신 아버지는 사서 아니었나요?

"맞아요. 하지만 아버지는 생물학과 컴퓨터에 심취했죠. 컴족 친구가 많았어요. 아버지 덕에 나는 신기술에 눈을 떴고……. 이런 모든 것이 우리 엄마에게는 정말 못마땅했죠. 말다툼이 잦아졌어요."

런드는 나쁜 기억을 떨쳐 내려는 듯 이마를 문질렀다.

"두 분이 헤어졌을 때 나는 열두 살이었어요. 엄마가 내 양육권을 가졌고요."

알리스: 그럼 아버지는?

"입에 올린 적도 없어요. 돌아가셨다는 것을 나중에 알게 됐죠. 그것도 이곳, 아버지가 친구들과 합류한 컴족 지역에서. 그렇지만 나는 아버지와의 추억을 가꿨어요. 아버지 컴퓨터를 간직하고, 비밀 극장에 가고, 몰래 텔레비전을 시청했어요. 웹 덕분에 강요된 나의 외로움을 달랠 수 있었어요. 엄마가 알게 되면서 지옥이 시작됐죠. 문자족, 게다가 소설가의 아들인 내가 가상 공간에 끌렸으니 말이죠. 내 시력이 약해지기 시작했을 때 엄마는 화면 탓을 했어요. '책을 읽는 게 더 낫지!' 엄마는 아침부터 저녁까지 이 말을 입에 달고 살았어요. 곧 내 눈이 말을 듣지 않았어요. 병이 진행된 거죠⋯⋯."

런드는 화를 억누르지 못하는 것 같았다.

"간질성 각막염이라는 희귀 질환이었어요. 각막 전 층에 영향을 미치죠. 제때에 바로 생생한 조직을 이식하는 것만이 유일한 치료법이에요. 엄마는 그것을 몰랐어요. 아니, 알아보려고 하지도 않았죠."

알리스: 그런 말은 부당해요!

"아니요, 알리스. 근본적으로 엄마는 내 시력이 약해지는 것에 불만이 없었어요. 화면 앞에서 보내는 그 모든 시간이 이제 끝이니까요!"

알리스: 하지만 읽지도 못하게 되는데요!

"눈이 멀어도, 글을 쓰고 들을 수 있고 좋은 작가들 책을 자주 접할 수 있어요. 엄마가 보기에는 이 형벌은 신의 뜻이었어요. 내가 장님이 되어, 이제 엄마에게 의존해서 살아야 한다는 것을 알게 되자 나는 집을 나왔어요. 한 번도 살아 있다는 표시를 안 냈죠. 그다음은 당신이 추측하는 대로예요⋯⋯."

나는 그 전의 일까지도 추측했다. 에마에 대한 내 의심이 확인됐다. 능숙한 작가라 할지라도 훌륭한 독자가 행간을 읽는 것을 막지는 못한다.

알리스: 복수하려고 바이러스를 개발했군요. 다른 식으로 읽기 위해

서. 그렇다면 성공했군요, 런드!

컴족 우두머리가 자기 주위를 둘러싸고 있는 모두를 가리켰다.

"그것을 만든 이유는 이들을 위해서였어요, 알리스. 이들을 위해서지 나를 위해서가 아니에요."

런드가 내게 자기 눈을 가리켜 보였다.

"알리스, 나는 읽지 못해서 바이러스에 영향을 받지 않으니까요! 사실 훌륭한 백신이 있죠. 실명."

그래서 오직 한 사람, 그 바이러스를 만든 사람만 감염되지 않았다!

"하지만 방금 당신이 모두 변화시켰어요, 알리스. 이번에 결심했어요. 내일부터 시력을 회복할 거예요."

나는 무슨 말인지 이해가 안됐다.

알리스: 어떻게······?

런드가 자기 옆에 서 있는 거인의 인공 눈을 가리켰다.

"카메라만 있으면 간단히 해결되죠. 이게 우리 엄마 편지에 대한 답입니다, 알리스. 내가 화면 인간이 될 겁니다."

나는 경악과 공포로 뒷걸음질 쳤다.

알리스: 그런데 왜 이런 급작스러운 결정을? 읽고······ 싶은가요?

"읽는다고? 엄마 때문에 절대로 읽고 싶은 생각은 없어요! 그래서가 아니라 알리스, 당신을 보고 싶소."

15.
8시, 웹 시간

나는 런드가 내 마음의 동요를 전혀 눈치채지 못하기를 바랐다. 나는 내 감정을 이해해 보려고 했다. 너무나 뒤죽박죽이고 너무나도 모순된…….

컴족 지역의 불빛이 약해졌다. 컴족 대부분이 자리를 떴다. 나의 두 대화 상대가 동시에 고개를 든 것을 보니 무슨 신호가 울렸나 보다.

런드가 말했다.

"늦었군."

타불이 자기 화면에 아무것도 띄우지 않고 덧붙였다.

"그래요. 시간이 됐어요."

"우리는 아직 서로 할 말이 많아요, 알리스. 나는……."

런드는 어려운 결정을 내리려는 것 같았다. 갑자기 런드가 내게 말을 던졌다.

"기다려요. 다시 올게요. 몇 분이면 돼요."

런드가 타불에게 뭔가를 지시했다. 화면 인간이 나와 자기를 연결하던 헤드폰을 벗기더니 내 가방을 다시 내 감옥 같은 방에 갖다 두고 왔다. 그러고는 런드와 함께 컴족들이 버려두고 간 벌집 같은 칸 하나에 들어갔다.

광택을 지운 유리 칸막이를 통해서 보이는 형체가 런드의 실루엣인 것 같았다. 런드는 앉아 있었다. 타불은 대머리밖에 보이지 않았다. 화면 인간은 나를 흘낏 한 번 보고는 자기 동료에게 몸을 숙였다.

나는 황량한 지하를 살펴봤다. 도망쳐? 숨어? 어리석긴! 출구란 출구는 모두 닫혀 있었다. 금세 잡힐 것이다.

옆칸에는 모니터에 줄무늬 화면 보호기가 나오며 컴퓨터가 졸고 있었다. 분명 전화선에 연결되어 있을 것이다. 가슴이 두방망이질 치기 시작했다. 10초면 나는 웹에 접속할 수 있다. 그리고 살려 달라고 전화할 수 있다!

나는 일어섰다.

10미터 거리에 있는 타불은 내게 전혀 주의를 기울이지 않았다. 두 남자가 자리를 뜨면 나도 바로 내 자리로 돌아오면 된다. 나는 컴퓨터로 가서 자판 앞에 앉았다. 내 예상대로 모뎀이 달려 있었다. 내 아이디를 쳐서 로그인했다. 누구에게 SOS를 보낼까? 어제 롭은 자기가 웹에 접속한다고 넌지시 말했다. 하지만 그 말이 사실이라고 해도 롭의 아이디와 비밀번호를 모른다.

화면 한구석에 떠 있는 시계가 20시 31분을 가리켰다.

몬다예! 아니야, 어제 그렇게 말해 놓고 접속하지는 못할 거야. 몬다예……. 그래도 몬다예만이 내 유일한 희망이었다. 해 봐서 손해 볼 건 없었다.

'대화방 입장 SAL PART'를 쳤다. 그러자 바로 '비밀번호를 입력하세요.'가 떴다. 나는 'F451'을 쳤다.

바로 화면이 떴다.

몬다예: 네가 오늘 저녁에 꼭 들어올 줄 알았어, 알리스.

그렇게 기적이 있었다! 나는 여전히 꼼짝 않는 타불을 흘낏 쳐다봤다. 그리고 서둘러 자판을 두드렸다.

알리스: 몬다예! 네가 접속하리라 기대하지 않았는데, 믿을 수 없어.

몬다예: 자, 나 여기 있어. 잘 지내니, 알리스?

나는 상황을 바로 알리지 못하고 주저했다. 결국 몬다예는 컴족인데, 몬다예가 경찰에 날 구해 달라고 연락하면 자기편을 배반하는 일이 될 것이다! 그리고 나 자신도 손, 아니 런드가 체포되기를 바랄 수 있을까? 내가 풀려나면 모든 협상 가능성이 사라질 것이다. 그리고 런드를 나의 적으로 만들게 된다.

나는 침착하게 내용을 쳤다.

알리스: 잘 지내.

아무런 대답이 없었다. 시간이 흘렀다. 내가 덧붙였다.

알리스: 몬다예, 네가 있어서 난 잘 지내.

몬다예: 내게 할 말이 그게 다니?

이번에는 아주 빨리 답을 해서 어리둥절했다. 나는 모험을 했다.

알리스: 더 말해 줘야 할 사람은 오히려 너야, 몬다예.

몬다예: 무슨 말을?

알리스: 이젠 접속하지 않겠다고 한 것. 나와 대화 나누지 못하는 이유 말이야. 어제저녁 이후 뭐가 변한 거야?

몬다예: 아무것도 변한 것 없어, 알리스.

알리스: 그럼 왜 오늘은 접속했어?

컴퓨터 너머로 흘끗 보니 유리 칸막이 뒤 타불과 런드는 여전히 움직이지 않았다.

몬다예: 넌 늘 나를 전적으로 신뢰해 줬어, 알리스. 나는 네가 누군지, 어디 사는지, 무슨 생각을 하는지 다 알아. 너는 내게 네 속내를 다 털어놨지. 하지만 나는 네게 숨긴 게 많았어.

알리스: 나도 마찬가지야, 몬다예. 나에 관해서 전부 다 털어놓은 건 아니야.

몬다예: 그럼 다 말해 줘, 알리스.

나는 몬다예에게 이 고백을 하는 데 잠시도 망설이지 않았다.

알리스: 나는 농아야.

몬다예: 그게 무슨 상관이야? 우리가 대화를 나누고 서로 이해하는 데

아무런 지장이 없어.

대답의 내용이 아니라 그 신속함이 나를 어리둥절하게 했다. 흥분해서 나는 자판을 두드렸다.

알리스: 그럼 몬다예 너는 매일 해 온 우리 대화를 끊어야 할 무슨 일을 감춘 거니?

바로 답이 없는 것으로 봐서 몬다예가 망설이는 것 같았다.

몬다예: 일 년 전부터 나는 너와 아주 가까워졌어, 알리스. 네가 생각하는 것보다 훨씬 더. 나는 널 속였어.

알리스: 속였다고? 어떻게? 말해 줘!

몬다예: 처음엔 가능한 한 빨리 네게 사실을 말하리라 다짐했어. 하지만 난 계속 내일로 미뤘지. 우린 정말 대화가 잘 통했어! 시간이 흐를수록 네게 사실을 털어놓기가 더 힘들어졌어. 너는 내가 널 속인 것을 용서하지 않을 거야. 그런데 나는 널 잃고 싶지 않았어.

머릿속이 뒤죽박죽돼서 이해하고 싶지 않았다.

알리스: 뭘 속였는데, 알리스? 그 사실이 뭔데?

몬다예: 나는 여자가 아니야, 알리스. 나는 남자 컴족이야.

16.
먼데이

끝없이 깊은 구렁이 내 앞에서 입을 벌렸다. 몬다예가 남자라고? 믿을 수 없었다!

갑자기 마음이 복잡해졌다. 당연히 나는 몬다예를 여자 친구로서 좋아했다. 자매처럼 친한 친구로서 사랑했다. 그런데 몬다예가 남자였다면?

그것은 사기였다. 부정이고 배신이었다!

나는 너무나 화가 나고 혼란스러웠다.

알리스: 왜…… 도대체 왜 그랬니?

먼데이: 내게 남자 친구는 많아, 알리스. 하지만 여자 친구는 하나도 없어. 이해해? 웹상에서 말고는 한 번도 사귀어 본 적이 없었어. 많은 사람이 주변에 있지만 나는 아주 외로워. 작년에 이 단체 대화방에서 우리가 이야기를 시작했을 때, 너는 다른 사람들 같지 않다는 것을 알

앉어. 너는 표현하는 게 달랐어. 너는 네 의견을 섬세하게 표현했지. 나는 네가 문자족이라는 것을 알았어. 웹상에 문자족 여자라니! 그것은 아주 드물고 귀한 뜻밖의 경우였어. 늘 사용하는 먼데이(Monday)라는 내 닉네임 끝에 'e'(프랑스 어에서는 접미사 e를 붙이면 여성 명사가 된다. — 옮긴이)를 덧붙인 덕에 너는 내가 여자인 줄 알았어. 나는 네가 믿고 계속 연락하도록 이 속임수를 계속 쓴 거야.

내가 얼마나 순진했는지! 나는 먼데이가 어떻게 생겼을까 그려 보았다. 한 얼굴이 또렷이 떠올랐다. 이 말도 안 되는 생각을 얼른 떨쳐 버렸다.

나는 최면에 걸린 듯 여전히 모니터 앞에 앉아 있었다. 그러다가 일어났다. 타불은 움직이지 않았다. 런드와 타불은 알 수 없는 뭔가를 같이하느라 여념이 없었다. 나는 내 컴퓨터를 버려두고 가만히 둘 곁으로 갔다.

나는 아무것도 만지거나 쓰러뜨리지 않게 조심하며 걸었다. 진실을 알게 될 것만 같은 예감에 다리가 후들거렸다.

마침내 런드와 타불 옆에 왔다. 둘은 너무 열중한 나머지 내가 오는 것을 보지도 기척을 듣지도 못했다. 에마의 아들은 컴퓨터 화면 앞에서 말을 하고 있었다. 런드의 어깨 너머로 몸을 숙여 보니, 화면에 이렇게 떠 있었다.

알리스: 믿었냐고? 그럼, 믿었지.

먼데이: 내게 변명의 여지가 없다는 것 잘 알아, 알리스. 너는 날 전혀

실망시키지 않았어. 알리스, 대답해. 알리스?

무슨 느낌이 들었는지 손이 몸을 돌렸다. 내 앞에 있는 사람은 바로 런드였다.

내가 거기 있는 것을 알았나 보다. 런드가 중얼거렸다.

"그래요, 알리스. 몬다예는 바로 나요. 그래서 당신이 나를 용서하지 않을까 봐 두려웠어요."

내가 런드에게 대답할 방법은 한 가지뿐이었다. 나는 런드의 품으로 뛰어들었다.

17.
한 아카데미 위원의 배반

런드가 내 얼굴을 잡았다. 런드는 손가락으로 내 모습을 마음에 새기고 싶은 것 같았다. 런드가 더듬으며 말했다.

"알리스, 당신이 왔군요! 어떻게 알았어요? 아, 타불, 알리스가 뭐라고 하나?"

타불의 화면은 비어 있었다. 그 거인은 잠자코 있었다.

"헤드폰!"

런드가 호통을 쳤다.

"알리스의 헤드폰을 다시 연결해! 타불!"

마지못해 거인이 내 자리 옆에 뒀던 통신 장비를 집었다. 타불이 내 머리에 헤드폰을 씌웠다.

알리스: 조금 전 8시에 당신이 날 두고 자리를 옮겼을 때 처음 의심이 들었어요. 갑자기 날 감시하지 않아서 함정에 빠뜨리려고 한다고 생각

했는데…….

"맞아요. 당신이 접속하기를 바랐어요. 당신이 붙잡혀 있다고 몬다예에게 알릴 줄 알았어요. 하지만 당신은 나를 배반하지 않았어요, 알리스. 왜 그랬어요?"

다른 질문으로 답을 대신했다.

알리스: 손, 런드, 먼데이…… 진짜 당신은 누군가요?

런드는 나를 잃을까 두려운 듯 팔을 내밀었다.

"그 뒤에 내가 숨을 수만 있다면 누구든! 지금 나는 런드요. 그리고 나는 이제 당신과 헤어지고 싶지 않아요."

타불이 쑥스럽기도 하고 감동스럽기도 한 듯 고개를 주억거렸다.

런드가 다시 말했다.

"고백할 게 있어요, 알리스. 바이러스는…… 우연히 만들어졌어요! 우리는 새로운 독서 방법을 연구했어요. 그건 사실이에요. 하지만 LIV 바이러스가 퍼졌을 때, 통제할 수가 없었죠. 당신에게 그걸 감춰서 뭐하겠소? 우리 손을 벗어났어요."

알리스: 그럼 방금 전 그 말은…….

"부인하지 않겠어요. 잘못된 지금, 내가 책임을 져야죠."

바로 그때, 방탄 출입문이 폭발했다!

엄청난 세기로 휘몰아친 바람에 우리 세 사람 모두 바닥으로 쓰러졌다. 내가 일어나 보니, 무장 경찰 수십 명이 컴족 본부에 난입

127

했다. 로봇 개들이 기둥 사이에서 펄쩍펄쩍 뛰었다.

타불이 런드를 양팔로 안고 뛰어 달아났다. 거인에게 잡힌 런드는 개구쟁이처럼 몸부림치며 소리쳤다.

"아냐, 타불! 구해야 할 사람은…… 알리스야!"

하지만 타불이 옳았다. 경찰들이 잡으려는 사람은 내가 아니라 런드였다.

일어서서 보니 경찰이 도망가는 두 사람에게 총을 겨누었다. 눈부신 불을 뿜으며 발사된 총알이 화면 인간을 맞혔다. 거구가 쓰러지며 구르자 그 뒤 철문이 열렸다.

런드가 보이지 않는 눈으로 자기를 쓰러뜨리려는 경찰들을 노려봤다. 본능적으로 런드는 뒷걸음질 쳤다. 그러자 문이 그 앞에서 다시 닫혔다.

나는 바닥에 쓰러져 있는 타불에게로 달려갔다. 부서진 타불의 액정 화면이 불규칙한 영상을 내보냈다. 나는 조심스럽게 거인의 얼굴을 들어 올렸다. 타불은 애써 내게 미소 지었다. 타불이 내 주머니에 작은 물건을 넣는 것 같았다. 타불의 인공 눈은 무한한 곳을 보는 듯했다. 타불의 가슴에 있는 화면도 꺼졌다.

나는 울부짖고 싶었다. 그러나 내가 하는 말을 번역할 수 있는 것이 아무것도 없었다. 화면 인간도 벙어리가 되었다.

나는 무릎을 꿇은 채 꼼짝 않고 한동안 오열했는데 누군가 갑자기 나를 일으켜 세웠다. 셀린 L.F. 바르다뮤가 앞에 있었다.

"그자 때문에 우는 거야? 우습군!"

셀린이 타불을 발로 뒤집었다.

"이건 단지 기계일 뿐이야."

내 고통은 경악으로 바뀌었다. 안보 책임자가 내 의문을 안다는 듯 말했다.

"네가 있는 곳을 어떻게 알아냈느냐고? 그건 간단해, 알리스. 사복 경찰 몇 명이 너를 뒤쫓았지. 네가 대도서관에서 나온 다음부터 네 행적을 하나도 놓치지 않았어. 네가 우리를 이리로 데리고 온 거야. 그래 준 거 고맙게 생각해."

경찰들은 컴족 본부를 철저히 파괴하기 시작했다. 개머리판으로 컴퓨터들을 망가뜨리고, 칸막이들을 부수고, 선을 뽑아 버렸다. 내가 끼어들려고 하자 셀린이 내 팔을 잡았다. 손아귀 힘이 엄청났다.

"네게 솔직하게 말해 주지, 알리스. 내가 너에게 투표한 건 이 임무를 완수하게 하려고 한 거였어. 내게 충성을 다하는 이 대원들 덕에 모든 게 계획대로 진행됐지. 도망가는 데 성공한 손만 빼고. 하지만 손은 행동 수단이 제한되게 됐으니까, 뭐. 너는……."

셀린은 만족한 듯 미소를 지었는데 내게는 아주 역겨웠다.

"네가 잡힌 건 아무도 몰라. 나도 며칠 뒤에나 알게 될 거야. 동료 아카데미 위원들도 그때……."

경찰 한 명이 다가와 셀린에게 내가 아침에 옷을 갈아입었던 방을 가리켰다.

"그래. 안성맞춤이군. 가, 알리스. 어서 가라니까!"

로봇 개 여러 마리가 내 치마를 물고 깜깜하고 비좁은 그 방으로 끌고 갔다. 거기서 나는 깨달았다. 손의 포로가 될 줄 알았는데 정작 셀린의 포로가 되었다는 것을.

경찰은 나를 방바닥에 사정없이 팽개쳤다.

"며칠 뒤면 전 유럽이 알게 될 거야, 알리스. 손을 찾기 위해 아카데미 위원들이 파견한 알리스가 컴족 기술자들에게 납치되어 컴족 본부에 감금됐다고. 컴족은 자기 시설들을 파괴한 뒤, 너를 이 감옥에 버려뒀고, 거기서 너는 질식사했다고 말이지."

악랄한 계획이었다.

"아, 네 원수도 갚아 줄 거야, 알리스. 너의 처참한 죽음은 컴족에 대한 무자비한 전쟁을 일으키게 될 거야. 그런데 알리스, 이 전쟁을 간접적으로 촉발시킨 건 바로 너야. 우습지 않니?"

나는 방 한구석에 쭈그리고 앉아서 이 함정에서 벗어날 방법을 궁리했다. 셀린이 어깨를 으쓱했다.

"구조는 기대도 하지 마, 알리스. 네가 여기 있다는 걸 아무도 몰라. 행여 컴족이 돌아온다 해도 네 방을 지키는 경찰들 마중을 받게 될 거야."

컴족 본부인 옛날 주차장 초토화 작전을 끝낸 무장 경찰과 로봇 개들, 이게 내가 마지막으로 본 것이었다. 육중한 철문이 닫혔다.

어찌나 무거운지 발밑으로 진동이 느껴졌다.

혼란스럽고 고통스러운 상태로 나 혼자 남았다. 맨 먼저 런드가 떠올랐다. 다쳤을까? 어디로 도망갔을까? 왜 우리가 만난 바로 그 순간에 그를 잃어야만 했을까?

나는 일어나 콘크리트로 된 내 감옥을 살펴봤다. 문을 밀어 봐? 생각해 볼 가치도 없다. 어떻게 연다고 해도 경비병들한테 바로 잡힐 텐데! 첫 번째 문과 마주한 두 번째 문을 살펴봤다. 마찬가지였다. 잠금장치도 보이지 않았다.

천장에서 불빛이 희미한 네온등이 깜빡거렸다. 네온관에 문제가 있는 것 같았다.

환기구 창살이 출구가 될 수도 있겠지만, 구멍이 워낙 작아서 고양이 새끼 한 마리 빠져나가지 못하게 생겼다. 환기구 쪽으로 가서 손을 대 봤다. 바람 한 점 없었다! 셀린이 한 말이 생각났다.

'며칠 뒤…… 끔찍한 죽음…….'

셀린이 실내 공기 조절 장치를 차단시킨 것이었다. 사람이 먹지 않고 한 달은 살 수 있고, 물 없이 며칠은 살 수 있다. 하지만 감옥 안에 공기가 안 통한다면?

방 안 온도가 올라가는 것 같더니 숨이 막혀 오기 시작했다. 아니, 그건 착각이었다. 그러나 열 시간 내지 스무 시간 뒤엔 공기와 수분이 부족할 것이다. 이 감옥에서 나는 질식하고 말 것이다.

나는 호흡을 줄여 보려고 했다. 기진맥진한 상태였다. 자정이 가까운 시간이었다. 힘든 하루였다. 천천히 일어나 타불이 내 가방을 둔 구석으로 갔다. 가방을 베개 삼아 누웠다. 자면 공기를 조금 절약할 수 있을 테니까.

나는 해와 달이 가득한 잠 속으로 빠져들었다.

18.
포로가 되다

잠에서 깨 보니 땀에 흠뻑 젖어 있었다. 아침 10시였다. 아주 오래 잤다. 방 안 온도가 상당히 높아졌다.

옷을 갈아입으려고 가방을 열었다. 가방에 물 한 병 넣어 올 생각도 못했다. 주머니를 뒤지다 보니 모르는 시디가 나왔다. 이게 어디서 났지?

바로 생각이 났다.

"어제 타불이 죽기 직전에 내게 준 거야!"

왜 줬을까? 모른다. 그리고 시디 내용을 볼 방법이 없었다. 기계적으로 내 가방의 물건들을 꺼냈다. 폴로셔츠 두 장 사이에서 노숙자 쉼터에 도착한 날 밤에 쓴 편지가 나왔다. 에마에게 내 조사가 거의 희망이 없으니 조롱거리만 되게 생겼다고 알리는 내용의 편지였다. 두근거리는 가슴으로 생각했다.

'지금쯤 에마는 나한테서 아무 소식도 없어서 궁금해하며 걱정하고 있을 것이다. 아마 어떻게 된 일인지 알아보려고 하겠지?'

하지만 내가 여기 갇혀 있다는 걸 에마가 어떻게 알 수 있을까? 흥분해서 가방에 뭐가 있는지 뒤져 봤다. 쓸 만한 게 아무것도 없었다. 책 말고는. 책……. 독자들은 가끔 책 속을 거닌다! 미친 생각 같지만 실현 가능한 생각이었다!

나는 얼른 내 가방의 이중 바닥을 뜯어냈다. 내게 남은 책들을 바닥에 줄지어 놨다. 블레즈 상드라르의 《시선집(詩選集)》, 브래드버리의 《화씨 451》, 카프카의 《변신》.

블레즈의 《시선집》을 펼쳐 〈시베리아 횡단 산문[1]〉을 넘겨 보기 시작했다.

그때 나는 청소년이었다.

겨우 열여섯 살이었고 벌써 어린 시절이 기억나지 않았다.

태어난 곳에서 16만 리 떨어진 곳에 와 있었다.

나는 모스크바에 있었다…….

---

1 블레즈 상드라르의 장편 산문시. 모스크바에서 블라디보스토크를 연결하는 장장 10,000㎞에 이르는 시베리아 횡단 열차를 소재로 삼았다. 다양한 독서 체험이 녹아든 산문시이다.

미친 도시가 나타났다. 초현실주의 화가가 고쳐 그린 모스크바에 크렘린은 거대한 과자 같았다. 큰 소리로 책을 암송하는 한 늙은 수사가 보였다.

"여보세요. 여보세요."

신도송에 몰두한 수사는 내가 부르는 소리를 듣지 못했다.

도시는 황량했다. 내 앞에서 비둘기들이 날개를 푸드덕거리며 날아다녔다.

나는 배고프고 목말랐다…….

책을 덮자 나는 여전히 조명이 흐린 좁은 방에 있었다. 불가능했다. 이 시집에서는 아무런 도움도 구할 수 없을 것이다. 블레즈의 시 세계는 너무 괴상했다. 인물들은 현실과 동떨어져 부자연스러웠다.

나는 《변신²》을 펼쳤다. 처음에 나는 그대로 내 방인 줄 알았다. 내가 작은 방 침대에 똑바로 누워 있었기 때문이다. 내 앞에 있는 끔찍한 곤충이 발로 내 다리께를 잡은 것을 알고는 참을 수 없는 불안감에 사로잡혔다. 하지만 나는 책 속에 있었다. 함석지붕을 때리는 빗소리가 아주 가까이 들렸다. 알람이 내 머리맡 탁자에서 울리기 시작했고 문 저쪽에서 소리치는 여자 목소리가 들렸다.

---

2 카프카의 소설. 젊은 세일즈맨인 그레고리가 어느 날 아침 한 마리 흉물스러운 벌레로 변신한다. 환상과 현실을 결합해 사회 문제와 인간 내면의 고독을 강렬하게 드러낸다.

"그레고리! 6시 45분이야. 기차 안 탈 거니?"

"아뇨, 탈 거예요. 고마워요, 엄마. 지금 일어나요."

사람 소리 같지 않은 쉰 내 목소리에 놀라 얼른 책을 덮었다. 이 이야기를 따라가는 것은 내 능력 밖이었다. 더군다나 이 고통을 이겨 내고 도움을 청하기 위해서는 다른 독자가 나와 동시에 같은 구절을 읽어야만 한다. 낙담해서 나는 책들을 다시 가방에 넣었다. 알 수 없는 뭔가가 손에 느껴졌다. 옆 주머니에…… 책 한 권이 또 있었다! 분홍 드레스를 입은 젊은 여자가 웃는 젊은 남자의 팔에 안겨 있는 그림의 표지를 보고 바로 알았다. 사흘 전에 에마가 나에게 선물한 짧은 연애 소설《불같은 열정》이었다.

조금 전보다 훨씬 바보 같은 희망이 내 안에서 샘솟았다.

나는 서둘러 첫 장을 읽기 시작했다…….

19.
《불같은 열정》 이야기 속에서

이미 읽은 앞 페이지들은 백지였다. 그러나 기억이 생생했기 때문에 소설 초반이 바로 생각났다.

부아 졸리 영지에 도착하자 발레리 모리스는 곧 웅장한 저택에 이르는 통로를 따라 서 있는, 수령이 백 년은 된 거대한 나무들에 감탄했다…….

문턱에서 하녀를 알아보고는 놀라지 않았다.
"아레 양이시죠? 뵙게 돼서 얼마나 영광인지……."
내가 소리쳤다.
"어머, 아니에요! 저는 그저 간호사일 뿐이에요."
하녀는 내가 자기 말을 막자 놀란 것 같았다. 하녀가 냉담하게 다

137

시 말했다.

"그렇군요! 오세요, 당신 방을 보여 드릴게요."

"죄송하지만 그냥 여기 있을게요."

나는 여행 가방을 들고 커다란 현관으로 들어갔다. 작은 원탁, 꽃다발…… 나는 그곳을 알아볼 수 있었다.

그 시대풍의 안락의자에 앉아 기다렸다.

한 시간이 천천히 흘렀다. 이상한 소리들이 내게까지 들렸다. 공원에서 새가 노래하는 소리, 바람에 나무들이 속삭이는 소리, 부엌에서 들려오는 사람들의 웅성거림과 냄비와 뚜껑이 부딪히는 소리.

태양은 하늘 높이 떠 있었다. 그 하녀가 다시 나타나 홀을 건너가며 내가 있는 줄 모르고 혼잣말을 했다.

"주인님 약혼녀는 언제 오는 걸까……."

갑자기 내 주위가 깜깜해졌다.

현실로 돌아와서 다시 방 안인데 네온 불빛이 꺼졌다. 까치발로 서서 네온관을 만졌더니 떨리는 불빛을 비췄다. 손목시계를 봤다. 오후 2시였다. 방 안의 열기가 참기 힘들 정도였다. 타는 듯 목이 말랐다. 하지만 이곳에서 벗어날 수 있는 유일한 열쇠는 싸구려 이 소설책뿐이었다.

나는 다시 독서에 빠졌다.

시원한 느낌이 들었다. 부아 졸리 영지의 호사스러운 거실이었다. 장미 향기를 맡으려고 몸을 숙이다가 보니 원탁 위에 괘종시계가 있었다. 나는 정확히 2시로 시간을 맞췄다.

그리고 다시 페이지를 넘기지 않게 주의하며 기다렸다. 얼마 되지 않아 밖의 하늘이 분홍빛으로 물들었다. 집 안의 소음도 잦아들었다. 박쥐 몇 마리가 날개를 파닥이며 공원의 나무 주위를 날았다. 제복을 입은 하인이 발판을 갖고 와서 반질반질한 초에 불을 붙였다.

괘종시계가 9시를 치는데 독특한 타이어 마찰음이 내 주의를 끌었다. 나는 문가로 급히 갔다.

짙은 색 리무진 한 대가 통로에 모습을 드러냈다.

내 뒤에서 하녀가 탄성을 질렀다.

"아! 이번에는 아레 양이겠지."

차는 낮은 층계 아래 섰다. 기사가 먼저 내려 뒷문을 열었다.

아레 양은 내리자마자 빠른 손놀림으로 긴 분홍 드레스를 펼쳤다. 서두르는 바람에 쪽찐 머리가 문 위에 부딪혀 회색빛 머리가 드러난 어깨 위로 흘러내렸다.

하녀가 소리쳤다.

"아레 양! 만나 뵙게 돼서 너무 기……."

나는 서둘러 아레 양을 만나러 갔다. 그런데 아레 양도 몹시 놀라고 감격해서 두 팔을 벌리며 소리쳤다.

"알리스! 당신이, 여기…… 만날 가능성은 거의 없다고 생각했는데."

에마였다.

20.
책바이러스 속 대화

"여기는 새로 온 간호사 발레리 모리스입니다."

분명히 밝혀 두는 게 좋다고 여긴 하녀가 나를 가리키며 말했다.

"아가씨께서 모리스 양을 벌써 알고 계신 줄 몰랐어요. 뭐 좀 드릴까요, 아가씨?"

에마가 하녀에게 말했다.

"우리 둘이 있게 좀 내버려 둬 줄래요? 맞아요. 우린 오랜 친구예요. 그리고 발레리…… 알리스는 집을 잘 알고 있어요. 그러니 이제 우리 둘이 있을게요. 내 짐을 옮겨 줘요. 둘이서 할 이야기가 있어요."

하녀는 기분이 상해서 짐을 갖고 나갔다. 에마가 나를 현관으로 데려갔다.

"알리스! 내가 얼마나 걱정했는지……. 오늘 아침에도 연락이 없고 오후에도 없어서 당신에게 무슨 일이 일어났구나, 생각했어요. 오늘 저녁 독서 시간에 《불같은 열정》 생각이 났어요. 비록……."

에마는 우리가 만난 오페레타 무대와 옛날 그 시대 드레스를 내게 가리켰다.

"쳇, 이게 무슨 상관이람! 말해 봐요, 알리스. 지금 어디 있어요? 놈들에게 잡힌 거죠. 그렇죠?"

"네. 난 갇혔어요, 에마. 에피네 슈르 센에 있는 지하 주차장이 틀림없어요. 시청에서 200미터 거리예요."

에마는 인상을 찡그리더니 얼굴이 백지장이 됐다.

"그 주차장 알아요! 전에 런드와 내가 다니던 옛날 슈퍼 주차장이었어요. 그런데 그곳이 컴족 본부가 됐다고요? 참 기이한 우연이군요!"

"우연이 아니에요, 에마. 컴족 우두머리 손이 바로 당신 아들 런드예요."

에마는 망연자실해 가슴에 손을 대더니 고개를 숙였다. 그리고 이렇게 중얼거렸다.

"그럴 가능성을 생각했어야 했는데…… 런드였다니! 세상에, 이럴 수가……."

"하지만 내가 런드에게 잡혀 있는 게 아니에요, 에마. 나를 가둔 사람은 셀린 L.F. 바르다뮈예요."

에마는 믿기지 않는 얼굴로 고개를 들었다.

"내 이야기를 다 들어 봐야 해요, 에마. 어제는 아주 긴 하루였어요."

나는 교외선 기차 안에서 젊은이들을 만난 것에서부터 노숙자 쉼터에 간 것, 다음 날 아침 컴족에게 잡힌 것, 그리고 손, 런드와의 대화까지 하나도 빠짐없이 다 이야기했다.

"사실 나는 오래전부터 당신 아들을 알고 있었어요, 에마. 매일 저녁 웹상에서 대화를 나눴거든요. 하지만 대화 상대가 누군지는 몰랐죠."

셀린과 경찰들의 침입을 끝으로 나는 이야기를 마쳤다. 타불의 죽음과 에마의 아들이 도망친 이야기는 자세히 했다. 에마는 몹시 화가 난 것 같았다. 레이스 장갑을 낀 주먹을 휘둘렀다.

"셀린이…… 그럴지도 모른다고 생각했어야 했는데! 우리가 셀린을 벌줄 거예요, 알리스. 런드는…….."

에마의 묻는 듯한 눈길을 보니 마음이 짠했다.

"런드는 눈이 멀었어요, 에마. 당신 편지를 전했어요. 런드는 아직 당신을 원망해요. 하지만 당신들은 다시 만날 거예요. 꼭 그럴 거예요."

"어떻게 그렇게 장담할 수 있어요, 알리스?"

나는 얼굴이 붉어졌다. 에마가 알아채고 물었다.

"그 애를 사랑하나요?"

대답이 필요 없는 질문이었다. 에마가 내 손을 부여잡았다. 에마가 희망에 부풀고 기쁨에 겨워 갑자기 젊어진 것 같아 보이는 게 처음에는 이해가 가지 않았다.

"앨리스, 당신은 두 가지 임무를 완수했군요! 당신은 그 어느 때보다 우리의 최고 동맹이에요. 하지만 우선은 당신을 구해 내야 해요. 염려 말고 기다려요. 곧 만납시다!"

내가 미처 잡을 새도 없이 에마는 낮은 층계 쪽으로 빠져나가서 네 계단씩 급히 내려가 리무진에 타며 긴 옷자락이 발판에 끼자 투덜거렸다.

차가 어둠 속으로 사라질 때까지 나는 오랫동안 차 소리를 들었다.

마침내 나는 책을 덮었다. 열기에 숨이 턱턱 막혔다. 이 비좁은 감옥에서 내가 얼마나 더 버틸까? 지금 이 순간 에마는 대도서관 지하에서 나와 분명 신속히 나를 구출하라는 명령을 내릴 것이다.

천장의 네온관이 꺼졌다. 몸을 일으켜 불을 살려 보려고 했다. 내가 만지자 네온관은 다시 깜빡거리기 시작했다. 그러나 다시 놓자 더는 깜빡이지도 않았다.

나는 기진맥진해서 바닥에 쓰러졌다. 내 처지가 저 죽어 가는 네온관을 닮은 것 같았다. 누군가 받쳐 주지 않으면 바로 꺼지게 될.

21.
에마까지 갇히다!

밝은 빛에 눈이 부셨다.

나는 벌떡 일어났다. 그러나 누군가 내 위에 쓰러져 다시 넘어졌다. 방금 열린 철문이 다시 닫혔다! 다시 암흑 속이었다.

조심조심 손을 뻗어 더듬었다. 얼굴과 머리카락, 헝클어진 쪽찐 머리. 에마였다.

이런 칠흑 같은 어둠 속에서는 대화가 불가능했다. 나는 가방을 감옥 가운데로 옮겨 놓고 그 위에 올라가 네온관을 손으로 받쳐 올려 불이 들어오게 했다.

"알리스! 오, 알리스, 이런 끔찍한 일이……."

에마의 얼굴은 창백하고 옷은 찢겨 있었다. 어깨에 난 상처에서는 피가 났다.

"그 불은 놓고 이리 좀 와요, 알리스!"

나는 잡고 있어야 불이 들어온다는 것을 보여 주려고 잠시 손을 뗐다. 에마의 표정이 더 침울해졌다.

　"모두 내 잘못이에요! 너무 낙관하고 서둘렀어요. 오늘 밤에 당장 당신을 구하러 오고 싶었거든요. 보안 경찰 몇 명을 소집해서 새벽 네 시경에 여기 도착했어요. 안에 들어서기가 무섭게 셀린 부하들에게 당했어요."

　에마는 나를 처량한 눈길로 바라봤다. 에마는 무슨 생각을 했던 걸까? 컴족 본부에 도착하면 셀린의 충복들이 어서 오십시오 하고 무장 해제라도 할 줄 알았나? 정당성만으로 이길 수 있나? 아, 지식인 통치의 맹점이 바로 이런 것이다!

　"셀린이 알려 준 게 틀림없어요. 알리스, 미안해요……. 여기 무척 덥죠?"

　나는 턱으로 환기구를 가리켰다.

　"놈들이 에어컨을 껐군요! 근데 앞에 이 문은?"

　나는 어깨를 들썩하고는 고개를 저었다. 에마는 벽과 철문 사이에 손톱도 들어가지 않는다는 것을 확인했다.

　"희망을 버리지 마요, 알리스. 우리가 없어진 걸 사람들이 곧 알게 될 테니! 보자, 지금이 새벽 다섯 시, 금요일이에요. 오늘 밤 대회의에 내가 안 보이면 우리 동료들이……."

　오늘 밤 우리가 갇힌 방의 온도는 50도가 되고 공기는 거의 다 사라지고 없을 것이다.

피곤이 몰려왔다. 네온관을 놓고 에마 옆에 가서 앉았다. 에마가 교대로 전구를 받치러 갔다.

"그러니까 당신은 런드를 봤군요! 어떻던가요? 그 애는……."

나는 가방에 있는 내 대화 수첩을 가지러 갈 기력이 없다는 몸짓을 했다.

나는 지치고 낙담해서 숨이 막힐 지경이었다. 에마가 어둠 속에서 내게로 왔다. 열기에도 아랑곳하지 않고 에마는 내게 기댔다. 몸을 움찔거리는 것이 흐느끼고 있는 것 같았다.

반수 상태에서 깨어났을 때는 오후 다섯 시였다. 누군가 와서 구해 주리란 희망은 이제 없었다. 우리가 여기 있으리라고 누가 생각이나 할 수 있겠는가?

문자족의 유럽은 이제 내전에 휘말리게 될 것이다. 에마가 제거된 상태에서, 셀린이 위원들에게 컴족 반대법에 투표하도록 설득할 것이다. 컴족은 당연히 폭력으로 대응할 테고.

다시 살아난 불빛에 나는 마비 상태에서 깨어났다. 에마가 네온관을 팔로 받치고 있었다.

"알리스, 정신 차려요! 뭔가 해야 해요. 우리 동료들이 구하러 오기는 힘들 것 같고……. 이 방 안에서 이제는 더 버틸 수 없어요!"

내 생각도 바로 그랬다.

에마가 다시 이야기했다.

"우리의 유일한 희망은, 내 아들, 런드예요."

나는 벽을 가리키며 고개를 저었다.

"우리가 여기 갇혀 있다는 것을 런드에게 알려야 해요."

나는 쓸쓸하게 웃었다.

"알리스!《불같은 열정》을 통해서 우리가 대화를 나눴잖아요! 그러니까……."

나는 에마에게 내 눈을 가리킨 뒤 감아 보이고, 바닥에 손가락으로 책바이러스라고 쓰고는 크게 X를 했다. 에마가 알아들었다.

"그 애 눈이 안 보이기 때문에 바이러스에 감염되지 않았군요! 아, 이런 낭패가……!"

에마가 쑥스러워하며 얼른 입을 다물었다. 그래서 뭐가 낭패라는 건지는 알 수 없었다. 에마가 나를 뚫어지게 바라봤는데 에마가 이렇게 울부짖는 것만 같았다.

'알리스, 당신은 그 애를 사랑하죠! 그 애도 당신을 사랑할 거예요! 그렇지 않고서야 몇 달 동안이나 웹에서 당신과 대화를 했을리 없어요! 서로 사랑하니까 다시 보고 싶죠. 그렇죠? 알리스, 그애가 무엇을 할까요? 둘이 다시 만나기 위해 뭘 할 것 같아요?'

에마의 소리 없는 외침이 내 마음을 아프게 했다.

런드는 무엇을 할까? 우리는 뭘 할까? 나는 한숨을 쉬고 시계를 봤다. 저녁 여덟 시가 가까워지고 있었다.

에마가 팔을 내리며 말했다.

"아직 독서 시간이 아니에요."

맞다. 그러나 독서 시간은 아니지만 '웹 시간'이었다. 몬다예와 내가 아주 오래전부터 매일 저녁 접속하던 시간.

아아, 컴퓨터가 없으니 어떻게 하지?

머릿속에 늘 접속하던 절차가 떠올랐다. 나는 '대화방 비밀번호는? F451'이 뜬 모니터 화면이 생각났다.

우리 둘만 사용했던 이 비밀번호를 이젠 칠 일이 없었다. 런드가 접속해도 아무도 런드와 만날 수 없을 것이다.

문득 흥분한 내 머리에 이 비밀번호가 특별한 의미로 다가왔다. 'F451', 그건 책 제목의 약자였다. 레이 브래드버리의 소설 《화씨 451[1]》. 제목 '화씨 451'은 '책이 불타 사라지는 온도'라고 작가가 책에서 설명까지 했다.

《화씨 451》! 이제야 그 책이 왜 나의 애독서였는지 이해가 됐다. 나는 급히 에마에게로 가서 일어나 불이 들어오게 하라고 에마를 흔들었다. 에마는 까닭도 모르고 하라는 대로 했다. 에마는 내가 가방 속을 뒤지는 것을 의아한 눈으로 바라봤다.

나는 그 책을 꺼냈다. 파랑과 하양, 빨강으로 된 표지에는 미래의 소방수가 책장을 넘기는 그림이 있었다. 소방수가 태워야 할 책

---

1 미국 작가 레이 브래드버리의 소설 《Fahrenheit 451》. 책이 금지된 사회를 배경으로, 과학 기술의 발달로 인해 사라져 가는 정신문화를 되살리려는 사람들의 이야기를 그렸다. 인간의 생각이 통제되는 사회에 대한 경고가 담겨 있다. 책을 불태우는 것이 직업인 '방화수' 몬태그가 생동감 넘치는 옆집 소녀 클라리스를 만나면서 자신의 임무에 의문을 품고 변하기 시작한다.

을. 왜냐하면 이 가상의 사회에서는 독서가 금지되었기 때문이다.

내 시계가 8시 1분을 가리켰다. 심장이 몹시 뛰었다. 나는 손이 마지막으로 한 말을 기억해 보았다. 그래, 손의 마지막 말을! 내가 손이 바로 런드라는 사실을 알아보기 전에 무슨 말을 했던가?

'내일부터는 시력을 되찾을 거요. 카메라만 있으면 되니까……'

런드가 눈 수술을 받았을까? 그래서 런드도 바이러스 LIV3에 감염됐을까? 오늘 밤 런드도 나와 같은 책을 볼 생각을 할까?

에마가 한 말, '알리스, 다시 만나려고 그 아이가 어떻게 할 것 같아요? 당신은 어떻게 할 것 같아요?'를 생각해 보기만 했을 뿐인데 그 말이 내 머릿속에 반향을 일으켰다.

아주 많이 런드 생각을 하고 나서 이런 생각이 났다.

"그래, 바로 이렇게 했을 거예요……"

네온관을 받치고 있던 에마는 내가 책을 읽기 시작하자 아연실색한 눈으로 나를 흘끗 봤다.

22.
화씨 451

불꽃에 야금야금 먹히다가, 검게 타 원래의 모습과는 완전히 다른 것으로 변하는 것을 보는 것은 아주 특별한 즐거움이었다……

열기에 마비되고 연기에 숨이 막혔다. 우리 집 맞은편 집 앞에 화염 방사기로 무장한 기묘한 방화수들이 서 있었다. 그들은 몇백 권이나 되는 책 더미에 화염 방사기를 겨누었다. 그중 한 명이 특히 내 주의를 끌었다. 그러나 화염에서 뿜어 나오는 빛 때문에 그의 모습을 알아볼 수가 없었다.

저택의 현관 밖에서, 잔디가 깔린 뜰에서 책들이 퍼덕거리는…… 날개처럼 불타며 죽어 간다. 잿더미로 변하기 직전에 밝게 확 피어오르는 책장은 이윽고 회색빛 티끌이 되어 바람에 날려 간다.

내 의지와 상관없이 강제로 독서 삼매경에서 끌려 나왔다. 불이 꺼졌기 때문이다. 에마가 네온을 제자리에 맞춰 놓자, 우리 감옥의 알량한 빛 속에서 한눈에 봐도 내 손가락 아래 글자들이 지워진 것이 보였다. 그랬다. 불꽃만큼이나 비정한 그 바이러스에 먹혀 문장들이 사라졌다.

두 페이지 뒤부터 다시 읽기 시작했다.

가을 낙엽들이 달빛에 젖은 보도 위로 낮게 날렸다…….

런드가 곧 오리라는 것을 알고 있었다. 나는 두 길이 만나는 모퉁이에 자리를 잡고, 에스컬레이터에 친숙한 런드의 실루엣이 모습을 드러내기를 기다렸다.

갑자기 가죽과 철로 된 옷을 입고 한 방화수가 나타났다. 달빛을 받아 방화수의 금속 모자가 반짝 빛났다.

나는 뒷걸음질 쳤다. 방화수가 나를 못 본 채 내 앞을 지나갔다. 왜 그랬는지 모르지만 내가 속삭였다.

"먼데이? 런드……."

방화수의 걸음걸이가 느려졌다. 나는 방화수가 멈춰 설 줄 알았다. 하지만 방화수는 가던 길을 혼자 계속 갔다. 나는 얼른 옆 골목으로 가서 큰길과 만나는 모퉁이까지 뛰었다. 나는 이 지름길을 알고 있었다. 가상의 이 장소들이 내게는 늘 같은 역을 한 연극의 무대 장치만큼이나 익숙했다.

숨이 턱까지 차서 나는 보도 한가운데 섰다.

오래지 않아 방화수가 어둠에서 나오는 것처럼 보였다. 나는 살며시 방화수에게로 갔다. 그때에야 나는 내가 흰 드레스를 입고 지나치게 섬세한 구두를 신고 있다는 것을 알았다. 내 앞에서 그 소방수가 섰다. 마치 내가 그가 갈 길을 막기라도 한 듯.

나도 섰다.

짧은 순간 우리 주위의 나뭇잎들이 움직이며 소나기 소리를 냈다. 방화수는 모자 아래 오토바이족이 쓰는 것과 비슷한 안경을 쓰고 있었다.

방화수가 중얼거렸다.

"안녕하세요."

나는 돌처럼 굳어져 여기에서도 농아인 양 방화수에게 대답을 못했다. 마침내 방화수가 나를 알아본 것같이 이렇게 덧붙였다.

"맞군요. 새로 이사 오신 분이시죠?"

"그럼 당신은……."

믿을 수가 없었다. 하지만 소설의 내용을 바꿀 수도 없었다.

"방화수이시군요."

내가 어렵게 말을 마쳤다.

"그 말을 이상하게 하시는군요."

"저는…… 저는 눈 감고도 당신을 알아봤을 거예요."

왜 방화수는 나를 알아보지 못했을까? 그런데 만약 이 남자가 단지 소설 속 주인공이기만 하면? 수줍음을 떨치고 내가 먼저 시도를 해야 했다. 나는 멀리 지붕이 보이는 집들을 향해 돌아서서 물었다.

"당신과 함께 돌아가도 될까요? 제 이름은 알리스예요."

"클라리스? 나는 몬태그입니다."

그러니까 방화수는 런드가 아니었다. 브래드버리 책의 방화수 몬태그였다. 게다가 몬태그는 충실하게 이야기 줄거리를 따라 놀라며 나를 바라보고 이렇게 덧붙였다.

"갑시다. 이런 시간에 왜 밖에 나왔나요? 몇 살이죠?"

"열일곱 살이에요."

문득 깨달았다. 몬태그가 런드라면 나를 알아볼 수 없다. 런드는 나를 본 적이 없다. 그리고 내 목소리를 들어 본 적도 전혀 없다. 이제는 확신이 들어 멈춰 섰다.

"있죠, 저는 당신이 전혀 무섭지 않아요."

방화수가 놀라 물었다.

"왜 무서워하는데요?"

"나는 당신이 몬태그가 아니라는 걸 알아요. 먼데이도 아니고. 당신은 에마의 아들이에요. 나는 클라리스가 아니라 알리스예요, 런드! 지금 나는 레이 브래드버리 소설을 읽고 있어요. 당신처럼."

방화수가 꿈에서 깨어나려는 듯 걸음을 멈췄다. 천천히 모자와 안경을 벗었다.

런드였다. 런드의 눈은 똑같은 두 개의 달처럼 환했다.

"알리스? 당신이 알리스예요?"

런드는 무슨 말을 할지 찾고 있었다. 잘 알고 있는 이야기에서 벗어날 필요가 있는 것처럼. 다른 역할을 해야만 하는 것처럼. 자신의 역할을. 런드가 손으로 내 얼굴을 잡았다. 그러고는 나를 알아봤다.

나는 런드에게 입맞춤했다. 내 눈을 바라보는 런드의 눈에서 눈물이 솟구쳤다.

23.
몬태그와 방드르디

"이해해 줘요, 알리스. 알다시피 내가 책을 읽지 않은 지 너무 오래됐어요."

"그러니까, 런드, 수술받은 거예요?"

"네. 하지만 눈만 수술했기 때문에 화면 인간이 된 건 아니에요, 알리스. 앞으로도 되지 않을 거고요. 그런데 당신은 어디에 있어요?"

"당신과 헤어진 그곳이에요, 런드."

나는 런드에게 간단히 셀린 L.F. 바르다뮈의 배신을 설명했다. 에마와 나, 우리 둘 다 타불이 나를 데리고 온 장소에 갇혀 있다고 이야기했다.

"이런, 거기서 나오는 건 아주 간단한데, 알리스! 첫 번째 문 맞은편에 있는 문이 복도에 맞닿아 있어요. 경찰들은 알지 못해요."

"다른 문으로 나갈 수 있다고요? 어떻게?"

"방 밖에서 출입 번호를 누르면 돼요."

"그럼 와 줘요! 오, 와서 우릴 구해 줘요! 에마와 나는 오래 버티지 못할 거예요."

런드가 걸음을 멈췄다. 어둠에 싸인 집들이 있는 곳에 거의 다 왔다. 런드는 시간을 초월한 이 평화로운 세계를 서둘러 떠나고 싶지 않은 것 같았다.

안경과 모자를 다시 쓰고 잘 매만졌다. 갑자기 런드의 얼굴이 굉장히 심각해졌다.

"저, 알리스, 아카데미에서 지금 야간 회의가 열리고 있지 않나요?"

런드의 뚱딴지같은 질문에 나는 어리둥절해졌다.

"맞아요. 하고 있을 거예요. 그런데 그건 왜……."

"잠깐만. 내가 직접 가서 당신을 구한다고 해도 셀린을 꺾을 수도 없고, 컴족과 문자족 간의 긴장도 완화시키지 못할 거요. 보다 급진적인 조치가 필요해요. 보다 결정적인 조치가."

"어떤?"

"내가 자수하는 것. 아카데미에 가서 죄수가 될 거예요."

"당신이 자수한다고요?"

"그래요. 지금 당장. 아카데미 위원들에게 나의 선의를 보여 주기 위해서요."

런드는 우리가 갇혀 있다는 사실을 잊은 듯했다.

"걱정 마요, 알리스. 당신을 구하러 사람을 보낼게요."

"누구를요?"

"내가 믿을 수 있는 사람. 이 책을 읽기 바로 전까지 함께 접속해서 대화를 나눈 사람……."

런드의 친구 방드르디일 거라는 생각이 들었다.

"안 돼요. 제발! 당신이 와야 해요!"

바로 그 순간, 나 역시 런드와 헤어지고 싶지 않다는 걸 알았다. 런드가 나를 꼭 안은 다음, 어느 집 문을 열고 나를 안으로 들어가게 했다. 나는 어둠 속에 다시 혼자 남았다.

"런드? 런드!"

나는 밖으로 나왔다. 그러나 보도에는 아무도 없었다. 낙엽들만 어둠 속에서 소용돌이쳤다. 잠시 방금 장면들이 진짜였나 의심이 들었다.

나는 눈을 감고 책을 덮었다.

떨리는 불빛이 쏟아졌다. 나는 여전히 방 안에 앉아 있었다. 까치발로 네온관을 받치고 있는 에마와 함께. 기진맥진한 에마가 더 듬거렸다.

"알리스, 미안해요. 나…… 불을 잠시 놔야겠어요. 잠깐 불이 꺼질 거예요!"

나는 무릎 위의 소설책을 내버려 두고 불행을 함께하고 있는 내 친구에게 미소를 지었다.

"서……성공했어요? 내 아들을 만났나요? 이 책 덕분에?"

에마는 웃으면서 동시에 울었다. 그러고는 어둠 속에서 내 옆으로 왔다.

15분이 채 지나지 않아 견딜 수 없을 정도로 강한 빛과 추위가 우리가 있는 감옥 안으로 몰려들어 왔다. 두 번째 문이 열린 것이다. 눈이 부셔서 구하러 온 사람이 누군지 알아보기 어려웠다. 하지만 그의 윤곽이 낯설지 않았다. 그가 다가와 내가 일어서는 걸 부축해 주고 내 가방을 드는 걸 보고서야 그가 누군지 알아봤다.

롭 D.F. 뱅송이었다.

24.
방드르디의 비밀

롭은 만반의 준비를 하고 왔다. 꽤 나이가 지긋해 보이는 남자와 함께 왔는데, 그 남자는 의사였다. 의사는 신속히 우리를 진찰하고는 둘 다 모포로 감쌌다. 나는 이가 딱딱 부딪칠 정도로 온몸이 떨렸다. 지하철 터널 같은 이 긴 복도에 서 있기가 힘들었다.

"멀지 않아요. 100미터만 가면 돼요. 조금만 힘을 내요."

롭과 의사가 우리 두 사람을 부축했다. 밖으로 나오자, 밤공기가 얼음장 같았다. 아카데미 관용차가 이젠 사용하지 않는 낡은 주유기 두 개 사이에 주차해 있었다. 우리가 있는 곳은 폐쇄된 주유소였다.

롭이 나를 앞에 태워 자기 옆에 앉혔다. 롭이 물병을 건네줘서 허겁지겁 마셨다. 나만큼이나 지치고 충격을 받은 에마는 우리의 구원자에게 질문을 퍼부었다.

"기다리세요. 내가 다 설명할 테니."

관용차가 에어쿠션 위로 들어 올려지더니 곧 어둠을 뚫고 나아갔다. 롭이 아카데미 위원 책임자에게 고개를 돌렸다. 롭의 표정이 심각했다.

"고백할 게 있어요, 에마. 몇 달 전부터 나는 웹상에서 관계를 많이 맺었어요. 처음에는 '적을 잘 알아야 이길 수 있지.'라는 생각으로 스스로 변명을 했어요. 그러나 관계를 맺은 덕에 친구를 많이 사귀게 됐다는 건 인정해요. 컴족이 모두 광신자들은 아니었어요. 만난 친구들 중 특히 한 친구는 남다른 교양과 정확한 사고가 인상적이었죠. 그는 금세 내가 좋아하는 대화 상대가 됐어요."

에마는 열심히 들었다. 나는 에마보다는 놀라지 않았다.

롭이 설명했다.

"웹상에서 사람들은 각자 특별한 별명을 사용하죠. 그 특별한 대화 상대의 별명은 먼데이예요. 내 별명은 방드르디고요."

차는 파리에 도착해서 강변로를 탔다. 밤 10시가 조금 넘은 시간이었다. 아카데미의 야간 회의가 막 시작됐을 것이다.

"먼데이가 평범한 컴족이 아니라는 것을 난 곧 알았어요. 그리고 먼데이는 내가 문자족이라고 짐작했고요. 하지만 웹상에서는 익명성 존중이 철칙이에요. 먼데이와 나는 책과 영화에 대해서 이야기를 깊게 나누는 게 너무 좋았던 나머지 웹에서 더 이상 대화를 못 나눌 걸 감수하고라도 서로 신분을 밝히고 싶어 했어요. 그런데 바로 오늘 저녁에 그렇게 된 거죠…….”

금방 어둠 속에 대도서관의 빛나는 네 개의 탑이 보였다. 우리가 탄 차는 속도를 줄여 내가 아는 출입구 터널로 들어갔다.

롭이 다시 말했다.

“오늘 저녁, 먼데이가 자기 신분을 밝혔어요. 아카데미에 가서 자수하겠다고 하더군요. 먼데이는 또 내가 당신들을 구할 수 있게 컴족 본부 문 비밀번호를 가르쳐 줬어요. 나는 최대한 빨리 움직여서…….”

에마가 승인의 뜻으로 고개를 끄덕였다. 그건 아마도 이 모든 상황에 끌려다니기만 한 것은 아니라고 스스로 납득하기 위해서인 듯했다.

에마가 물었다.

“그럼 런드는 이제 당신이 누군지 아나요, 롭?”

“네, 방드르디라는 별명 뒤에 아카데미 위원이 숨어 있었다는 데 놀라긴 하더라고요. 하지만 곧 나를 알게 된 걸 아주 기뻐했어요.”

“어떻게 그럴 수가?”

“아카데미에서 런드를 만나게 될 거예요, 에마. 예정대로라면 이미 와 있을 거예요.”

우리가 탄 차는 지하에 주차했다. 엘리베이터 앞에 도착하자 에마가 우리의 찢어지고 젖은 옷을 가리켰다.

“이봐요, 롭! 이런 꼴로 대회의장에 들어갈 수는 없어요.”

"어쩔 수 없어요. 이러고저러고 할 시간이 없어요. 그리고 당신들의 그런 처참한 상태가 오히려 위원들을 설득하는 데 도움이 될 겁니다."

롭이 이번에는 의사를 돌아다봤다.

"당신 증언을 기대합니다, 의사 선생님. 저희와 함께 가시죠?"

엘리베이터에서 롭이 내 가방을 가져갔다. 위층으로 올라가는 잠깐 동안 롭은 매 맞은 개 같은 표정으로 나를 바라보더니 고개를 떨구며 중얼거렸다.

"우리가 처음 만났을 때, 알리스, 나는 다른 결말을 상상했죠. 고백하지만……."

나는 입술에 검지를 대고 롭의 손을 꼭 잡았다. 롭이 체념한 듯한 미소로 내게 답했다.

"런드가 내게 다 말해 줬어요. 저…… 당신들이 잘돼서 난 정말 기뻐요. 정말로 축하해요, 알리스. 진심이에요."

"아니, 둘이서 무슨 역적모의를 하고 있어요?"

어리둥절해하며 에마가 말했다.

그제야 롭이 소리 내지 않고 입 모양으로 말했다는 것을 알았다.

25.
아카데미 법정에 선 컴족

대회의실 안의 아카데미 위원들은 흥분 상태였다. 런드가 검은색 작업복 차림으로 연단에 서 있었다. 경비 두 명이 런드를 에워쌌다. 색안경을 쓴 런드는 셀린 L.F. 바르다뮤의 고발 내용을 담담한 표정으로 들었다.

셀린은 런드를 손가락으로 가리켰는데, 입 모양을 보니 이렇게 말하는 듯했다.

"저런 새빨간 거짓말을 어떻게 믿을 수 있나요? 컴족 우두머리의 말이 일고의 가치라도 있다고 생각하……."

셀린이 말을 중단했다. 방금 에마와 롭, 의사 그리고 나를 봤기 때문이었다. 셀린은 너무 놀라 돌처럼 굳었다. 그러더니 팔을 내리고 할 말을 찾는 것 같았다. 위원들이 우리에게 인사하기 위해 자리에서 일어섰다. 위원들 대다수가 기뻐하고 안도하는 분위기였다. 박수를 치는 이들도 있었고, 셀린에게 차가운 비난의 눈초리를 보내는 이들도 있었다.

곧 나는 우리의 도착으로 위원들의 의견이 막 뒤집혔다는 것을 알았다.

롭은 우리가 나타나 장내가 어수선한 틈에 지체하지 않고 사흘 전에 설치했던 화면과 마이크, 자판을 다시 연결했다.

에마는 런드를 바라봤고, 런드는 나를 바라봤다. 런드가 나를 진짜 본 것은 그때가 처음이었다. 롭이 내게 반원형 공간에 있는 내 자리에 앉으라고 했다. 내 자리에서 멀지 않은 곳에서 할아버지 콜랭이 내게 건네는 환영의 인사가 대형 화면에 올라왔다.

콜랭: 알리스! 돌아온 것을 진심으로 환영하오! 어디서 오는 건지 그리고 임무는 완수했는지 말해 주시오.

나는 주저하지 않고 자판을 두드렸다.

알리스: 셀린이 에마와 나를 가둔 컴족 본부 감옥에서 방금 롭 D.F. 뱅송에 의해 구조됐습니다.

위원들은 동요했고 일어나 셀린을 가리켰다. 셀린은 좌불안석이었다. 증언을 요청받은 의사가 내 말을 확인했다.

콜랭: 알리스, 당신이 여기를 떠난 뒤에 무슨 일이 있었는지 설명해 주시오.

나는 망설였다. 이야기가 아주 길었기 때문이었다. 나는 롭과 에마와 런드에게 눈으로 물었다. 세 사람 모두 하라고 격려해 줬다.

그래서 나는 자판을 치기 시작했다.

아카데미 위원들을 지루하게 할까 봐 걱정했는데 내 말을 중단시키는 사람은 아무도 없었다. 내가 말을 마치자 위원회의 최고 연장자가 다시 발언했다.

콜랭: 알리스의 이야기는 손, 아니, 미안하오. 런드가 방금 우리에게 한 진술이 전부 맞는다는 것을 확인해 주었소. 스스로 자수하러 왔다는 것…….

셀린: 이런 함정에 빠지려는 겁니까, 여러분? 이건 음모예요, 속임수. 컴족이 권력을 잡으려는 거라고요!

콜랭: 맙소사, 셀린. 지금까지 그런 위협은 거의 없었소.

위원들도 같은 생각인 것 같았다.

콜랭: 그리고 당신 말이 우리 위원장인 에마의 말보다 더 영향력이 있다고 생각하다니 오만하기 짝이 없소.

에마: 내가 여러분을 설득하기 위해 알리스가 밝힌 내용을 일일이 확인해야겠습니까? 셀린의 배신 행위는 아주 비열합니다. 아카데미 위원이 그런 범죄를 저지르다니…….

나는 한 손을 들어 발언권을 요청했다. 다른 손으로는 내 트레이닝복 주머니를 뒤져 미니 시디를 꺼냈다. 죽기 직전 타불이 내게 맡긴 것이었다. 화면 인간이 왜 내게 그것을 맡겼는지 깨달았기 때문이다.

알리스: 그제 컴족 본부에서 일어난 일을 여러분에게 보여 줄 자료가

여기 있습니다…….

콜랭: 플레이어가 있어야 되지 않을까 싶소.

롭이 신속히 플레이어를 꺼냈는데 아무도 비난하는 사람이 없었다. 모두 그 시디 내용을 빨리 알고 싶어 안달이었다.

우리 대화가 떠 있던 화면이 컴족 본부 영상으로 바뀌었다. 배터리로 연결된 컴퓨터 가까이에 서 있는 런드가 보였다. 런드가 내게 손을 내미는 순간, 지하 주차장 입구 문이 폭발했다! 그 여파로 타불이 쓰러져 그림이 흔들렸다. 그다음에는 무장 경찰과 로봇 개들의 침입을 선명히 보여 줬다. 그리고 그 넓은 방을 조직적으로 훼손하는 모습도.

연단 위의 셀린이 입을 헤벌린 채 얼굴이 백지장이 됐다. 자신이 경찰들에게 런드와 타불을 쏘라고 명령하는 장면을 방금 보았기 때문이다. 내가 움직이지 않는 거인 위에서 고개를 드는 순간을 큰 화면으로 모두 보았다.

그러고는 화면이 완전히 흐려졌다. 회의실 안 모든 위원이 셀린을 돌아봤다. 셀린은 처음에는 주저하더니 일어나 더듬더듬 말을 했다.

셀린: 영상들! 속임수라고요! 저걸 어떻게 믿을 수 있어요?

무거운 침묵이 셀린에게 답이 된 것 같았다. 셀린은 설득할 마지막 기회를 찾으려는 듯 천천히 고개를 주억거리다가 마침내 눈을 내리깔고 자리에 앉았다.

셀린 : 좋아요. 인정하죠. 나는 국익을 위해 행동했어요. 나는 문자족의 공화국을 수호하고 싶었어요! 내가 실패했어요.

셀린이 갑자기 용수철에 튕긴 것처럼 벌떡 일어나더니 위원들을 가리켰다.

셀린 : 내가 예언하죠. 혼돈과 무정부 상태의 미래가 올 거예요! 내일 당신들은 가정에 영상들이 들어가게 허락하겠죠. 그러면 우민 정치가 부활되고, 피상적인 것과 외모, 겉만 번드르르한 것들이 세력을 펼치게 될 거예요. 친애하는 동료 여러분, 여러분은 나를 제명하지 못할 겁니다. 내가 사임합니다. 이런 명백한 퇴폐 움직임에 공모자가 되고 싶지 않으니까요.

셀린이 떠나려고 하자 콜랭이 단박에 막았다.

콜랭 : 법이 당신의 운명을 결정할 거요, 셀린. 그러나 당신은 우리의 헌법인 〈유언〉의 두 번째 규칙을 위반했소. 그리고 네 번째 규칙에 의거 당신 이름을 명부에서 지울 수밖에 없소.

콜랭이 사흘 전 내가 서명한 커다란 명부를 펴고는 엄숙하게 한 줄을 그었다.

콜랭 : 게다가 당신은 거짓말이라는 중죄를 지었소. 당신은 그에 대한 벌이 뭔지 잘 알고 있소.

콜랭은 우호적인 침묵 속에 동의하는 회의 참석자 전원을 증인으로 삼았다.

콜랭 : 결론적으로, 셀린 L.F. 바르다뮤 당신은 앞으로 어떤 형식을 빌

려서든 사람들 앞에서 의사 표현을 금지하오. 당신의 공공 발언 자격을 정지하겠소. 이 선고는 오늘부터 유효하오.

그것은 문자족에게 가장 끔찍한 벌이었다. 셀린은 말이 없었지만 큰 타격을 받은 게 역력했다. 마지막으로 계단식 회의장의 연단을 노려보고는 복도로 나갔다. 셀린이 내 옆을 지나칠 때 망설이는 듯 걸음이 늦어졌다. 셀린의 처절한 심정이 느껴졌다. 순간 셀린과 나는 아무도 모를 연민 어린 눈길을 주고받았다.

셀린이 떠나고 나자, 콜랭은 컴족 본부에서 보초를 섰던 경찰들의 책임 유무에 대한 조사 결론을 기다리는 동안 이들을 잡아들이라고 명령했다. 마침내 원로 위원이 에마에게 위원장 자리에 다시 앉으라고 권했다. 에마는 위원장석으로 가서 일어선 채 선언했다.

에마: 아주 다른 이유로 나는 여러분과 함께 오래 머무를 수가 없습니다. 저의 사의도 수락해 주십시오.

항의의 물결이 거세졌다.

콜랭: 설명을 해 주시오, 에마. 그 의사를 정당화할 만한 이유가 있소?

에마: 이제 여러분은 런드가 내 아들이라는 것을 알고 있습니다. 그 애가 컴족의 우두머리가 됐다는 것도요. 그리고 그 애가 책바이러스의 근원이라는 것…….

콜랭: 잠깐!

원로 위원은 발언권을 얻기가 힘들었다. 모두들 각자 화면 대화 존에서 논쟁에 열중했다. 벌써 이들 아카데미 위원들이 초보 컴족이 돼 있었다.

콜랭: 알고 있소, 에마. 하지만 아무도 당신의 사임을 요구할 생각이 없소!

에마: 런드 역시 법정에 서야 할 겁니다. 그런데 나는 절대로 내 아들에게 불리한 증언을 하지 않을 거예요. 내 아들이 그런 행동을 했으면 내게 책임이 있어요. 나는 아카데미 위원장이에요. 이제 내 자리는 여기 없습니다. 런드가 나를 용서하지 않는다고 해도 나는 진실을 밝히기 위해 노력할 겁니다. 내 아들이 내 직분보다 더 소중하니까요.

아카데미 위원들은 에마의 말에 설득당하지 않는 것 같았다. 콜랭이 고통스러운 얼굴로 두 번째 빈 의자를 쳐다봤다. 곧 세 번째 빈 의자가 생길 참이었다.

내가 일어섰다.

알리스: 나도 사임해야만 할 것 같습니다.

이번에는 위원들이 내 말에 놀랐다. 믿기 어렵다는 얼굴들이었다.

콜랭: 알리스, 당신이? 그건 불가능하오! 당신의 존재는 그 어느 때보다도 소중하오! 그리고 당신은 임무를 완벽하게 수행했소.

알리스: 그랬는지 모르죠. 하지만 나는 여러분이 기대하는 그런 문자족이 아닙니다. 에마처럼 저도 런드가 전적으로 잘못했다고 생각하지 않아요. 그리고 그에게 불리한 증언은 하지 않을 거예요. 오히려 그를 변호할 논거를 찾을 겁니다.

콜랭: 그건…… 어째서 그렇소?

나는 잠시도 망설이지 않았다.

알리스: 그를 사랑해요.

뒤이은 동요 속에서 런드가 나를 보고 웃으며 심호흡을 했다. 롭은 여전히 고개를 떨구고 있었다. 롭이 고개를 들더니 선언했다.

롭: 친애하는 여러분, 우리는 이 모든 사의를 다 받아들일 수 없습니다!

아카데미 위원들 모두 동의했다.

롭: 에마가 선출되었고, 나 자신도 여기 있고, 최근에 우리는 알리스를 선출했는데, 그건 분명 우연이 아닙니다! 이 작가들의 작품을 보면 우리의 어려움을 이미 파악하고 있는 것 같았습니다. 그래서 우리는 그들을 아카데미에 오게 해서 어려운 문제들을 해결하기를 바란 겁니다. 그들의 급작스러운 사퇴는 문제 해결에 전혀…….

모두들 롭의 발언에 대해 줄줄이 언급을 했다. 롭에게 계속 발언하라고 격려했다.

롭: 그들의 존재가 그 어느 때보다도 꼭 필요합니다! 첫째, 컴족과 대화를 해서 그들의 가상 세계를 순화시켜야 하기 때문입니다. 둘째, 우리가 힘을 모아야만 백신을 만들 수 있을 것이기 때문입니다. 마지막으로 문자족은 사고에 과학을 통합해야 하기 때문입니다. 그러지 않으면 여러분이 에마와 알리스와 저를 왜 선출했습니까?

콜랭: 알리스, 당신 생각은 어떻소?

알리스: 롭 말이 맞아요. 그리고 런드의 의견을 물어보면 어떨까요?

위원들 자리에서 다시 동요가 일어났다. 아카데미 위원이 기억하는 한 컴족이 여기에 온 적이 없었다. 컴족이 아카데미에서 발표를 할 날이 있을 거라고 누가 상상이나 했을까? 위원들을 진정시키기 위해 콜랭이 명확히 밝혔다.

콜랭: 친애하는 동료 여러분, 런드는 대중 발표 면허를 소지하고 있으므로 법에 저촉되는 것은 아무것도 없소.

런드가 가까운 자리 마이크로 갔다. 바로 셀린 L.F. 바르다뮤 자리였다.

런드: 그 바이러스의 탄생은 예기치 못한 사고였습니다. 우리는 여러분의 적이 아닙니다. 우리는 여러분의 지식을 부러워합니다. 그러니 우리들을 무시하지 마십시오. 제가 빈손으로 온 것은 아닙니다. 선의의 표시로, 아카데미에 기증을 하려고 합니다.

런드는 손짓으로 경비원 두 명에게 자기 책상 위에 유리로 된 상자를 놓게 했다. 상자 안에는 레오나르도 다빈치의 〈코덱스 해머〉가 들어 있었다. 위원들 여럿이 그걸 보려고 자리에서 나와 북적거렸다.

런드: 백신 개발을 기다리면서 우리는 열성적인 독서팬들을 만족시킬 방법을 찾은 것 같습니다…….

화면에 질문이 스무 개, 서른 개가 넘게 꼬리에 꼬리를 물며 나타났다 사라졌다.

콜랭: 설명해 주시오, 런드! 바이러스에도 불구하고 읽을 수 있는지?

런드: 바이러스 덕분에 읽게 될 겁니다. 내일 이 자리에서 시연을 통해서 여러분이 납득할 수 있도록 하겠습니다.

동요가 절정에 달했다. 회의는 거의 행복에 도취된, 유쾌한 무질서 속에서 끝났다. 짜증이 난 원로 위원이 자기 손목시계를 보고는 선언했다.

콜랭: 야간 회의를 폐회할 수밖에 없군! 회의는 내일 다시 열겠소. 모두 각자 아파트로 돌아가길 바라오!

곧 회의실에는 런드와 에마, 나만 남았다.

런드는 내게로 와 나를 안았다. 에마는 우리끼리 있게 하려는 듯 물러선 채 감격해서 우리를 바라봤다. 런드 품에 안긴 채 나는 에마에게 손을 내밀었다. 런드도 따라 했다.

그러자 에마가 우리 품으로 달려왔다.

26.
책 속에 또 책이 있고······

그 기념비적인 회의 다음 날, 런드는 내게 소설을 한 권 갖다 줬다. 쥘 베른의 《해저 2만 리[1]》였다. 자기도 같은 책을 한 권 갖고 있었다. 109쪽을 펴더니 내게 말했다.

"읽어 봐요."

나는 시키는 대로 했다.

3초 뒤 나는 거구의 남자 앞에 있었다. 눈초리가 턱수염만큼이나 사나웠다. 남자가 나더러 자기를 따라오라고 해서 가 보니······ 도서관으로 들어갔다. 동 장식을 박은 높은 흑단 책장의 선반이 똑같이 장정된 수많은 책을 지탱하고 있었다. 가벼운 이동 책 받침대

---

1 쥘 베른의 과학 소설. 잠수함 노틸러스호의 해저 탐험기. 거친 바닷속에서 노틸러스호를 이끄는 신비한 사나이 네모 선장과 아로낙스 박사의 모험이 펼쳐진다. 잠수함이 존재하지 않던 19세기 후반에 바다 깊은 곳을 탐험하는 최첨단 잠수함 이야기로, 놀라운 상상력을 펼쳐 보인다.

가 있어서 읽고 싶은 책을 놓고 읽을 수 있었다. 가운데 서 있는 탁자는 팸플릿으로 덮여 있었는데 개중에는 오래된 신문들도 보였다. 천장에 매달린 네 개의 전구에서 나오는 불빛이 조화를 이루는 이 모든 것을 비추었다.

신비한 주인과 함께 있는 사람이 나 혼자만은 아니었다. 한 남자가 내 옆에서 장정본에 손을 내밀며 말했다.

"네모 선장, 정말로 훌륭한 도서관이로군요. 도서관이 궁궐이에요. 이 도서관이 당신을 따라 심해까지 갈 수 있다고 생각하면 정말로 감탄하게 됩니다."

내가 《해저 2만 리》의 배 노틸러스호에 있었다! 네모 선장은 긴 의자에 자리를 잡고 대답을 했다.

"어디서 이런 고독과 고요를 찾을 수 있겠습니까, 교수님? 교수님 박물관 연구실에서 이렇게 완전한 휴식을 취할 수 있습니까?"

"없습니다, 선장님. 더구나 당신 배에다 대면 알량하기 짝이 없습니다."

아로낙스 교수가 나를 돌아보고 유쾌하게 윙크를 했다. 런드였다. 네모 선장에게 고개를 돌리며 런드가 다시 말했다.

"여기 책이 육칠천 권은 될 텐데……."

"만 이천 권입니다, 교수님."

아로낙스–아니 런드–가 내게 가까이 오라고 손짓을 하는데, 우리 뒤에서 네모 선장이 덧붙였다.

"이 책들을 당신 마음대로 자유롭게 사용해도 됩니다."

런드가 내게 낮은 목소리로 속삭였다.

"이것 봐요. 역사상 인류가 만든 가장 아름다운 것들은 여기 다 있어요. 호머[1]에서 빅토르 위고[2], 크세노폰[3]에서 미슐레[4], 라블레[5]에서 조르주 상드[6]에 이르기까지……. 한 권 골라요, 알리스. 그리고 읽어요."

나는 《마의 늪[7]》을 골랐다. 아무 데나 펼치고 읽었다.

---

1 호메로스의 영어 이름. 유럽 문학 최고 최대의 서사시인 《일리아드》, 《오디세이아》의 저자. 기원전 8세기 중엽 소아시아 지역을 중심으로 활동한 시인이라고만 알려져 있다.

2 빅토르 위고(1802~1885). 프랑스의 낭만주의 작가. 대표작 《레 미제라블》은 프랑스 문학사상 가장 유명한 대하 역사 소설로 '인간의 양심을 노래한 거대한 시편'이자 '역사적, 사회적, 인간적 벽화'로 평가받는다.

3 크세노폰(B.C.431~?B.C.350). 그리스의 저술가이자 장군으로 소크라테스의 제자였다. 소아시아 원정기 《아나바시스》가 고대 문학 비평가들에게 높은 평가를 받는다.

4 미슐레(1798~1874). 프랑스의 역사가. 《프랑스사》로 잘 알려져 있으며, 개성적인 서술 방식으로 과거를 극적으로 되살려 냈다는 평가를 듣는다.

5 라블레(?1483~1553). 프랑스의 작가, 의사, 인문주의 학자. 익살스럽고 풍자적인 걸작 《가르강튀아와 팡타그뤼엘》 이야기를 썼다.

6 조르주 상드(1804~1876). 프랑스 낭만주의 시대의 대표적인 여성 작가. 연애 소설, 전원 소설, 수필, 일기, 기행문 등 다양한 작품을 발표했다. 여성 해방 운동의 선각자로도 평가받는다.

7 아름다운 자연을 배경으로 소박하고 선량한 농민의 생활을 그린 조르주 상드의 전원 소설. 홀아비 농부 제르맹이 돈 많은 과부집에 선을 보러 어린 아들과 이웃 농가에 일하러 온 처녀 마리와 함께 떠나는데, 도중에 숲 속에서 길을 잃고 노숙을 하게 된다.

마침내, 자정께가 되자 안개가 걷혀서 제르맹은 나무 사이로 반짝이는 별들을 볼 수 있었다. 달도 덮여 있던 수증기에서 빠져나와 젖은 이끼에 다이아몬드를 뿌리기 시작했다. 참나무 둥치들이 장엄한 어둠 속에 남아 있었다. 그러나 좀 더 멀리 자작나무 흰 가지들은 납골당에 한 줄로 늘어선 유령들 같았다. 불빛이 늪에 반사됐다. 그리고 그 환경에 익숙해진 개구리들이 가냘프고 수줍은 음을 소리 내 보고 있었다……

나는 고개를 들었다. 여전히 노틸러스호 안에서 런드가 마주 보며 웃었다.

"어때요, 알리스?"

"정말이에요. 내가 읽어요! 글자들이 사라지지 않아요. 제르맹이 몸으로 나타나지 않았어요. 나도 안개 속에 있지 않았고 밤도 아니었어요. 타닥거리며 불타는 소리나 개구리 울음소리도 듣지 못했어요. 그러니까 여기서는 바이러스가 효력이 없는 거죠?"

"여기는 현실이 아니에요, 알리스! 책 속에서도 마찬가지로 바이러스에 민감하다면 어떻게 되겠어요?"

그건 끝도 없는 깊은 구렁일 것이다. 무한 속으로의 영원한 추락.

나는 그 책을 노틸러스호 도서관에 다시 꽂았다. 런드-아로낙스가 선장을 가리켰다. 선장은 긴 의자에서 시가에 불을 붙였다. 야

룻한 냄새가 내 코까지 전달됐다.

런드가 목소리를 낮춰 내게 속삭였다.

"저건 담배가 아니에요."

"알아요. 니코틴이 풍부한 해초죠. 무슨 생각을 하는 거예요, 런드? 나도 그 책 읽었다고요."

나는 런드와 동시에 책을 다시 덮었다. 그러자 우리는 둘 다 대도서관의 내 아파트에 있었다.

이처럼 쥘 베른 책의 한 페이지 안에서 고전 문학 수천 권을 읽을 수 있었다! 적어도 1869년 이전에 쓰인 작품들은 말이다. 흥분해서 나는 수첩에 적었다.

"그럼…… 최근작들은 어떻게 하죠?"

"동시대 책을 읽는 것으로 충분해요! 예를 들어, 《사라진 아들》을 통해서 책 바이러스 세계에 들어가면, 도서관에 있는 우리 엄마 책을 전부 볼 수 있지요. 그렇게 수천 권의 근작들을 접할 수 있어요. 그리고 대도서관 책 전체를 보려면, 주인공이 서고에 들어가는 내용의 작품 속으로 들어가기만 하면 되죠. 작가들은 끊임없이 서로 인용을 하죠. 자기가 좋아하는 것들만 이야기를 잘하니까요. 책 속에 책이 가득해요, 알리스."

몇 시간 뒤, 대회의실에서 런드는 위원들에게 《화씨 451》을 한 권씩 나눠 줬다. 이 소설 덕에 런드는 우회해서 읽는 방법이 있을 수 있다는 생각을 하게 되었다.

"책 첫 페이지부터 책을 태우는 장면이 나오는 동안, 여러분은 책 내용에 개입해서 원하는 책을 구하고 싶을 것입니다. 하지만 몬 태그가 은신처에서 감춰 둔 책들을 꺼내는 순간이 나오는 70쪽까 지 기다릴 것을 권합니다. 주인공은 조너선 스위프트[1]의 작품을 읽 을 겁니다. 이 책을 그와 함께 우리가 읽으려고 합니다……."

이렇게 런드는 아카데미에서 인정을 받았다. 책 속에 또 다른 책 들이 있다는 것을 깨달았기 때문이다.

그날 저녁, 런드가 우리 집으로 왔다.

"하룻밤 여기서 신세 좀 질게요, 알리스. 엄마를 방해하고 싶지 않아서요. 엄마가 소설을 쓰거든요."

소설을 쓴다고? 아니, 어떻게? 글을 쓰자마자 단어들이 지워지 는 것을 내가 직접 보지 않았던가?

런드가 내게 말했다.

"잠깐만, 당신도 이해하게 될 거예요. 《사라진 아들》 갖고 있죠?"

그런 질문을 하다니! 나는 책장에서 책을 꺼냈다.

"봐요. 마지막 쪽을 읽어 봐요."

그곳은 내게 친숙했다. 소설 속에서 에마가 아들이 떠난 뒤 혼자

---

1 조너선 스위프트(1667~1745). 영국의 풍자 작가로 성직자이자 정치 평론가로 활동했다. 대표 작 《걸리버 여행기》는 주인공 걸리버가 항해 중에 난파하여 소인국, 대인국, 하늘을 나는 섬나라, 말나라 등을 표류하면서 기이한 경험을 하는 줄거리이다.

살아가는 교외의 작은 빌라였다. 어쨌든 에마의 소설은 그렇게 끝났다. 추억과 회한이 가득한 이 텅 빈 집에서. 나는 놀라서 열린 창으로 다가갔다. 창 너머에 작가의 작업실이 보였다. 에마가 거기 있었다. 책의 마지막 부분에서처럼 탁자에 앉아 있었다. 에마는 늙어서, 오늘날 내가 아는 에마의 모습이었다.

그런데 에마가 쓰고 있었다.

당연히 바이러스 세계 속에서 읽을 수 있으면 쓸 수도 있다는 것을 알았어야 마땅한 것을⋯⋯. 이 깨달음은 내게 영영 불가능하다고 믿었던 가능성을 열어 주었다!

내 손을 잡는 런드의 손이 느껴졌다. 런드가 내 옆에 서 있다는 것도 몰랐다. 그게 대도서관의 내 아파트 안인지 아니면 런드의 엄마 책 속에서 런드와 내가 다시 만난 건지도 불분명했다. 방 안에서 에마가 갑자기 한숨을 쉬더니 펜을 놓고 두꺼운 원고를 덮는 게 보였다. 그때 나는 원고 표지의 제목이 에마의 다음 책 '런드 돌아오다'라는 것을 알아보았다.

에필로그

이런 일들이 있고 한참이 지났다.

그때 이후 나는 런드와 대도서관의 꼭대기 층에 산다.

나는 달팽이관을 이식했다.

나는 런드의 말소리를 듣는다. 런드는 나를 본다. 우리가 사랑하는 데 이런 인공적 장치가 꼭 필요한 건 아니다. 그것들은 단지 우리가 생활하는 데 도움을 줄 뿐이다.

여전히 백신은 만들지 못했다. 언젠가 컴족이 개발해 낼 게 틀림없다.

문자족과 컴족 사이의 긴장도 누그러졌다. 몇몇 조치가 효과가 있었다. 예를 들자면 오늘날 아카데미에는 웹에 연결된 영구적인 서비스가 생겼다. 이 서비스는 롭과 런드가 담당한다. 이 서비스 덕에 컴족과 문자족이 소통하기 시작했다. 하지만 런드는 이제 접속을 하더라도 그렇게 열정적이지 않다.

에마와 나는 위원들의 만류에 굴복해 사임하지 않았다. 잘된 것은 셀린을 해임한 지 겨우 한 달 만에 그 자리를 런드가 차지한 일이다.

믿기 어려운 사실일 것이다. 그러나 절대적으로 보이던 많은 경계들이 무너졌다.

어제 쥘 베른이 단언했다.

'누군가 상상할 수 있는 것을 다른 누군가 실현할 것이다.'

이제 사람들은 아무도 감히 생각지 못했던 내일을 살 수 있다는 것을 안다.

또한 당신이 이 책을 닫는 순간, 이런 가능성을 인정해야 한다.

'어쩌면 당신은 다른 이야기의 주인공이고, 당신의 이야기는 어떤 독자가 당신 세상보다 더 현실적인 세상에서 읽는 것일지도 모른다.'

그리고 나, 알리스는 당신에게 감사해야 한다. 당신 덕분에 나는 이제부터 존재한다. 아마도 아주 오랫동안 존재할 것이다. 왜냐하면 등장인물을 영원하게 만드는 것은 바로 당신, 독자들이니까.

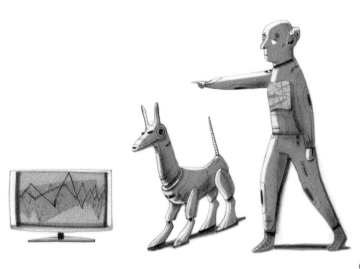

작가의 말_작가 노트

때는 21세기 말, 유럽은 과거에 프랑수아 미테랑 도서관이었던 대도서관에 본부를 둔 40명의 작가, 철학자, 지식인 들로 구성된 회의체 정부가 통치한다. 이 온건한 독재 체제는 텔레비전, 컴퓨터 게임, 컴퓨터와 인터넷 사용을 금지했다. 국민의 대다수는 열심히 독서하고 글쓰기를 즐겨 하는 문자족이다. 누구나 대중 앞에서 이야기하려면 공공 발언 자격증이 있어야 한다.

하지만 여기에도 저항 세력이 있다. 자칭 컴족으로 주로 도시 외곽에 사는 젊은이들인데, 금지된 영상과 게임, 기술을 추종하며 인터넷을 통해 비밀리에 소통한다.

이들은 컴족 본부에서 책을 읽으면 책의 글자들이 지워지는 가공할 바이러스를 개발한다. 바이러스에 감염된 책은 그 책을 읽은 독자들을 감염시키고, 감염된 독자는 다시 자신이 읽는 다른 책에 바이러스를 전하고……

하지만 이 바이러스에는 한 가지 놀라운 가치가 있다. 바로 독자를 작품 속에 들어가게 하여 이야기를 3차원으로 경험하게 한다는 점이다. 바이러스에 감염되면 독자는 소설 속 인물과 대화를 나눌 수도 있고, 줄거리에 개입해서 이야기의 결말까지도 바꿀 수 있다! 바로 '양방향 가상 독서'이다. 이를 통해 컴족들도 책을 쉽게 접할 수 있게 된 것이다.

문자족의 젊은 아가씨 알리스는 한 번도 만난 적이 없는 몬다예와 인터넷상에서 매일 대화를 나눈다. 몬다예와 대화 중인 알리스에게 모음씨 세 명이 찾아온다. 에마 G.F. 크루아세, 롭 D.F. 뱅송, 콜랭 B.V. 클로에. 이들은 알리스(선동적이며 어느 진영인지 모호한)에게 그녀의 최근작인 《책과 우리》로 아카데미 위원으로 선출되었다는 소식을 알려 준다. 사실 알리스의 소설은 컴족들에게 화해의 손짓을 보내는 듯한 내용이다. 책의 부제 '책에서 우리를 해방

하라!'부터 컴족의 투쟁 구호를 떠올리게 한다. 아카데미 위원들은 알리스가 인터넷으로 소통하는 것을 보고 놀라지만 곧 알리스가 농아이며, 알리스에게는 컴퓨터가 유일한 소통 수단이라는 점을 이해한다. 그래서 알리스가 책에서 무조건 컴족을 단죄하지 않은 것도 받아들인다.

사실 아카데미에서 알리스를 뽑은 이유는 알리스가 컴족 지역에 가서 그들의 우두머리인 손과 협상하기에 가장 적합한 인물이라고 생각했기 때문이다. 바이러스가 더 이상 피해를 입히지 않도록 하고 문자족에게 바이러스 백신을 내주도록 설득하는 데 적임자라고 말이다.

바이러스의 놀랍고도 매혹적인 효과를 직접 체험한 알리스(농아인 알리스가 책바이러스 속에서는 듣고 말할 수 있으니!)는 컴족을 찾아 나서고, 마침내 런드를 만난다. 알리스가 말을 하지 못하는 것처럼 런드 역시 눈이 보이지 않는 아주 심각한 신체적 장애가 있다. 그렇지만 농아와 맹인은 화면 인간 타불을 통해 서로 소통한다.

왜 《책바이러스 LIV3, 책의 죽음》을 썼나?

1990년대 초는 인터넷과 비디오 게임이 한창 보급되던 때였다. 늘 그랬듯이 영화는 위기인 것 같았고, 새로운 기술에 열광하는 젊은이들은 점점 더 책을 멀리하고 텔레비전과 컴퓨터와 같은 화면으로 보는 영상 매체를 선호하는 분위기였다.

또한 그때는 전자책인 e-book이 막 개발된 때이기도 하다. 사실 이북은 생김새는 책과 비슷했지만, 진짜 컴퓨터였다.

이북은 공간적인 이점이 분명히 있었고 사용 방법이 매력적이었다. 그래서 결국 종이책은 이북에 밀려 사라질 거라고 생각하는 사람이 많았다. 더 이상 도서관도 책도 없을 것이라고!

공상 과학 소설 작가는 미래를 좀 알 거라고 생각하는지, 도서관이나 학교에

가면 사람들은 내게 이런 질문을 자주 했다.

"당신 생각에는 책이 언제쯤 사라질 것 같습니까?"

나는 질문한 사람들을 안심시키고 싶었다. 몇몇 내 동료나 친구들과는 반대로, 나는 화면이나 인터넷, 더구나 이북과 책의 경쟁에 대해서 전혀 걱정하지 않았다. 나 자신이 책을 사랑했기 때문에 책이 오래 살아남으리라고 확신했다. 그러나 작가, 문학 교수, 자료 관리인, 사서와 같은 지식인들의 그런 고뇌와 책(그리고 간접적으로는 자신들의 직업)을 수호하고자 하는 열망이 이해되었고 이들에게 답변을 하기로 결심했다. 소설의 형태로!

브래드버리와······ 책들에게 바친다

레이 브래드버리에게 헌정한 이 소설은 《화씨 451》 내용과 정반대이다. 《화씨 451》에는 영상을 통치에 이용하기 위해 책이 금지된다. 《책바이러스 LIV3, 책의 죽음》에서는 정반대다. 문자족이 정권을 잡고 영상을 금지시킨다. 반세기 전에 출간된 레이 브래드버리의 소설은 오랫동안 내 공상 과학 소설 작업에 모델이 되어 왔다.

나는 문자족인가, 컴족인가?

나는 컴문자족······ 내지 문자컴족이다!

문자족이냐고? 당연하다. 나는 문학 선생, 편집장, 기자 같은, 오랫동안 책과 글과 관련된 일을 했다. 현재는 전업 작가이고, 그렇지만······.

컴족이냐고? 물론이다! 하루에 8시간 모니터 앞에서 일하고, 소프트웨어, 인터넷을 사용하고, 매일 메일 30통을 주고받는다! 그런데 내가 책을 많이 읽긴 하지만(한 달에 12~15권) 거의 매일 저녁 텔레비전을 본다. 덧붙이자면 내 아들은 정보 처리 기술자다. 그리고 나 자신도 작품을 쓸 때 천문학, 유전학, 정보 과학 같은 과학 기술을 많이 인용한다.

문자족 작가로서 나는 화면이나 컴퓨터를 경쟁자나 적이라기보다는 동지 내지는 보완자로 생각한다. 오늘날에는, 책을 좋아하고 친구들과 몇 시간이고 토론하고 편지를 즐겨 쓰는 사람이 또 한편으로 영화를 보러 가고 텔레비전도 보고 인터넷에 접속해서 자료를 검색하며 즐거운 시간을 보내고, 메일을 쓰거나 채팅을 하기도 한다!

내 마음속에 이 소설은 문자족과 컴족의 공생과 서로를 받아들이는 관용으로의 초대이다! 이 작품은 영상 애호가들에게 독서를 권하는 것만큼이나 책 절대 추종자들에게 새로운 기술에도 마음을 열 것을 호소한다. 그들이 무시하거나 거부하는 그 분야에 말이다. 사실 그것도 겉으로 보기에만 그럴 뿐이다. 왜냐하면 이 지성인들도 텔레비전을 보고 휴대 전화를 갖고 다니고…… 컴퓨터를 사용하니까!

언제 《책바이러스 LIV3, 책의 죽음》을 썼는지? 얼마 동안?

애독자들인 문자족과 신기술 추종자들인 컴족이 갈등을 빚는 미래 사회에 대한 아이디어를 숙고하는 데 몇 달, 아니, 아마 2년은 보낸 것 같다.

1993년 여름에 바닷가에 있던 어머니의 작은 아파트에서 이 이야기를 쓰기 시작했다. 컴퓨터를 가져가지 않아서 공책에 펜으로 소설을 썼다. 한 달 만에 40쪽을 썼는데, 다시 읽어 보니 별로였다. 생동감이 부족하고 인물도 잘 살지 않고, 이야기가 늘어지기만 했다. 바로 그 자리에서 원고를 던져 버렸다. 그 뒤에 딸애의 권유로 추리 소설에 도전하게 됐고, 도르도뉴로 돌아와서 연극 대본을 쓰기 시작했다. 하지만 책바이러스에 관한 내용을 쓰고 싶다는 마음이 사라지거나 그 줄거리를 잊지는 않았다. 에피소드들을 계속 생각했다.

다음 해 여름에 그곳에 다시 갔다. 아들애가 오래된 386 컴퓨터랑 흑백 모니터를 선물로 줘서 가지고 갔다. 그런데…… 던져 버렸던 내 공책을 다시 찾았다. 전에 쓴 글을 찬찬히 읽어 보니 왜 별로였는지 이해가 됐다. 1인칭으로 다시 써야겠다고 생각했다. 그리고 독자가 놀랄 거리를 여러 가지 마련해야 했다. 예를 들면, 처음부터 주인공이 농아라는 사실을 밝히지 않기로 했다. 그래서 다시 쓰기 시작해서 1994년 여름 내내 썼다. 줄거리는 똑같지만 첫 원고랑 한 문장도 같지 않다.

주인공이 왜 농아인가?

달리 방법이 없지 않은가!

알리스가 왜 아카데미에 뽑혔나? 컴족에게 가서 백신을 가져올 수 있는 새로운 작가가 필요했기 때문이다. 새로운 선출자는 컴족을 두려워하지 않고 오히려 그들과 가까워야 한다. 문자족이면서 말이다! 당연히 아카데미 위원들이 보기에는 이 신비한 알리스가 이상적인 후보자인 것이다. 왜냐하면 알리스의 《책과 우리》는 컴족들에게 화해를 청하는 듯한 작품이었으니까. 바로 그래서 알리스를 택했던 것이다!

그러면…… 왜 알리스는 공공연한 문자족의 적들에게 호의적인 듯한, 관용적이고 애매한 태도를 보이는 이 작품을 썼을까? 사실 알리스는 인터넷을 사용하고, 컴족 특히 몬다예와 소통을 한다. 따라서 그들과 어떤 교감이 생기는 게 당연하다. 알리스가 컴퓨터를 하는 문자족이라면, 컴족의 우두머리인 몬다예는 문자족 주요 인사의 아들이니까.

그런데 문자족이 어떻게 금지된 이 기술 도구를 사용할 수 있나? 그래서 알리스가 농아가 될 수밖에 없는 것이다!

주인공이 장애인인 이유는?

장애인이 우리들에게 종종 교훈을 준다는 것을 보여 주고 싶었다.

서로 장애가 있다는 사실을 모르는 두 사람을 등장시키면 참신하고 흥미로울 것 같았다.

또한 그들의 장애가 각자에게 가장 소중한 기관에 있도록 하고 싶었다. 문자족인 알리스가 말을 할 수 없고, 컴족인 런드가 볼 수가 없게!

두 사람은 이런 장애에도 불구하고(농아와 맹인이 대면하는 것을 상상해 보라. 그들은 어떻게 대화를 나눌까?) 대화를 하고 서로 사랑하게 된다. 그건 이들의 의지와 새로운 기술 덕분이다!

나와 내 아내는 장애인들에게 감동을 받을 때가 많다. 우리는 여러 단체의 회원으로서 오랫동안 장애인들과 가까이 지내 왔다. 우리 장모님이 장애인이셨다. 우리 동네에서 우리 부부와 아주 가까운 친구의 딸이 자폐아다. 내 아내는 부적응아 분야에서 오랫동안 일해 왔다.

제목을 이렇게 정한 이유는?

문학적으로, 또한 상징적으로 부제목을 단 《돈 주앙, 독의 향연》, 《프랑켄슈타인, 현대의 프로메테우스》 등과 같은 17, 18세기 작품들에 간접적으로 경의를 표하기 위해서다.

나는 《화씨 451》처럼 독자에게 궁금증을 유발하는 충격적인 제목을 원했다. 이 'LIV3 바이러스'는 에이즈 바이러스 HIV를 상기시킨다. 오늘날에는 또 다른 바이러스인 고병원성 조류 독감 바이러스 H5N1도 있다. 숫자 3은 세 번째 시도이거나, 바이러스의 번호거나, 감염된 독자가 빠져들어 가는 3차원일 수도 있다. 책의 죽음, 이것은 보다시피 명백하다. 독자에게 이 신비한 미지의 바이러스와 책이 죽는다는 사실을 연관 짓게 하고, 첫 문장 '21세기 말 책이 사라지기 시작했다.'로 모든 애매함을 사라지게 하고, 자신이 고른 책이 공상 과학 소설이지 철학책이라고 말하는 독자가 없으면 하는 바람도 있었다!

Christian Grenier ©

(출처: 작가 홈페이지 www.noosfere.org/grenier/Livre_Plus.asp?qs_Num=239)

옮긴이 말

서로에게 한 걸음 더……

크리스티앙 그르니에가 레이 브래드버리에게 헌정한 이 작품은 레이 브래드버리의 《화씨 451》과는 모든 것이 정반대다. 《화씨 451》에서는 영상을 통치에 이용하기 위해 책읽기를 금지시킨다. 세속적이고 통속적인 정보만을 중요하게 취급하고, 비판적인 생각을 갖게 만드는 독서는 불법이다.

21세기 말이 배경인 《책바이러스 LIV3, 책의 죽음》에서는 완전히 다르다. 작가와 지성인들의 집합체인 아카데미 정부가 영상을 금지하고 독서와 글쓰기를 장려한다. 주민의 대다수인 문자족은 텔레비전이나 영화, 컴퓨터 같은 영상 매체를 천시하고 매일 정해진 독서 시간에 책을 읽어야 한다.

이런 사회에 갑자기 책을 읽으면 책의 글자를 사라지게 만드는 신종 바이러스 LIV3가 나타나자 문자족 정부는 발칵 뒤집힌다.

영상을 금지한 사회라니?

과연 인터넷이나 컴퓨터 같은 영상이 없는 생활이 가능하기나 할까? 얼마나 지루할까? 그런다고 책을 많이 읽을까? 아마 사람들은 숨어서 텔레비전을 보고 컴퓨터를 할 것이다. 이 책에 나오는 평범한 사람들처럼.

문자족의 매우 근엄한 책임자인 에마가 연애 소설의 주인공이 되거나, 아카데미의 최고 지식인인 콜랭이 유치한 책을 아끼는 등 곳곳에

190

감춰진 유머, 간결하고도 단순한 문장에 담긴 깊은 비유와 풍자 등을 찾아 나가며 읽는 동안 새삼 이 책의 주제를 깨닫는다. 소통과 이해와 공존.

작가는 우리에게, 특히 책을 좋아하는 문자족에게, 책을 멀리하는 사람들을 독서로 초대하기 위해 기울이는 노력만큼이나, 책만을 고집하지 말고 시대의 새로운 기술에도 마음을 열라고 주문한다. 문자족인 알리스가 컴퓨터를 사용할 수밖에 없는 '농아'이고, 컴족의 우두머리인 런드가 '맹인'인 이 기막힌 상황이 암시하는 바가 무엇이겠는가!

《책바이러스 LIV3, 책의 죽음》은 본문에 수많은 문학 작품이 인용되고, 실제 그 작품의 내용에 맞추어 이야기가 전개되기도 하는 등 아는 만큼 재미있게 책을 읽을 수 있는 요소가 가득하다. 알리스 L.C. 원더라는 주인공의 이름은 《이상한 나라의 앨리스》에서 따온 것으로 루이스 캐럴의 주인공처럼, 알리스도 다른 작중 인물들이 말하고, 행동하고, 이야기하는 데에 영향을 미치는 '이상한 나라'에 들어간다. 《화씨 451》이나 《해저 2만 리》, 《변신》 등 다양한 고전들을 함께 읽을 수만 있다면 책의 의미가 더 생생하게 와 닿을 것이다.

결국 런드가 책 속의 책, 《해저 2만 리》의 바닷속 도서관같이 책이 가득한 배경에서 바이러스에서 벗어나는 방법을 찾아냄으로써 문자족이 그토록 두려워하던 책의 종말은 오지 않는다.

알리스의 말을 빌린 작가의 결론으로 짧은 옮긴이의 말을 맺는다.

"나, 알리스는 당신에게 감사해야 한다. 당신 덕분에 나는 이제부터 존재한다. 아마도 아주 오랫동안 존재할 것이다. 왜냐하면 등장인물을 영원하게 만드는 것은 바로 당신, 독자들이니까."

김영미